Patrick-Philippe Christian Seifert

UNTER DEN FLÜGELN DER ENGEL

Roman

EDITION t.s.e.

FSC ©

Gedruckt auf FSC-zertifiziertem Papier

EDITION *t.s.*e.
Tanja Seifert Eventmanagement e.K.

www.patrick-philippe.com

Lektorat: Dr. phil. Marion Vogt, Tanja Seifert
Titelfoto: Jörn Biermann
Druck: Medienwelt Schlichenmaier Weissach im Tal · Printed in Germany
1. Auflage 2012

ISBN 978-3-00-038071-6

Für alle, die keine Kraft mehr hatten.

Es war im Frühjahr. Die Bäume hatten bereits ihre Blätter zurück. Die Vögel zwitscherten voller Vorfreude auf die immer wärmer werdenden Tage nach dem harten Winter. Und ich hatte meine erste Freundin. Voller Glück spazierten wir durch die unendlichen Weiten, Wiesen und Wälder. Alles war voller Liebe und Glück. Nichts hätte uns aufhalten können.

Unsere Schulzeit war fast vorüber. Wir waren in einem Alter, in dem sich der Wunsch, endlich erwachsen zu sein, beinahe erfüllt hatte, aber die Kindheit immer noch nicht weit genug zurück lag. Ein Alter voller Erfahrungen, voller Überraschungen und voller Schönheit. Wir lebten in einer Welt, die weit entfernt war von der Gewalt in den größeren Städten dieses Landes oder in anderen Ländern auf der Welt. In unserer Welt war alles in Ordnung. Niemand von uns dachte daran, dass uns jemals etwas aus diesem Traum erwecken könnte.

Doch wie aus dem Nichts wandelte sich der schönste Traum meines Lebens in einen schrecklichen Alptraum, furchterregend und unvorstellbar, niemand hätte jemals, selbst mit der dunkelsten Fantasie, damit gerechnet. Heute möchte ich davon erzählen. Von der Welt in der wir lebten, von den Träumen, die wir hatten und wie diese von dem Einen zerstört wurden. Ich möchte von dem Leid erzählen, von Zerstörung und dem Tod. Aber ich möchte ebenso erzählen, über welche Macht die Liebe verfügt. Ich möchte berichten, was geschah und wie ich zurück ins Leben fand. Ich möchte von einer unvorstellbaren Kraft erzählen, einer Kraft, die jeder Mensch in sich trägt.

So grausam das schreckliche Ereignis war, so soll diese Geschichte für all die positiven, glücklichen Ereignisse stehen, die voller Liebe und Kraft der Katastrophe folgten. Diese Geschichte soll zeigen, dass es die Unendlichkeit nicht gibt und das Böse mahnen, dass die Liebe stärker ist.

Erinnerungen

In unserer Kleinstadt war nie viel los. Eingebettet in traumhafte Wälder und weite Felder, war ich immer sehr glücklich hier zu leben. Ich bin ein Einzelkind. Meine Eltern haben mich immer nach allen Kräften unterstützt. Ich durfte eine wunderschöne Kindheit erleben. Zur Schule ging ich immer gerne. In die Elementary School und in die High School. Besonders die High School mochte ich sehr. Und schnell hatte ich dort meine Freunde gefunden. Die High School lag in einem Nachbarort und hatte gerade mal dreihundert Schüler. Überschaubar. Jeder kannte jeden. Hatte jemand Probleme, egal welcher Art, halfen ihm seine Freunde. Jeder half jedem. Wie eine große Familie. Eine wunderschöne Zeit war das damals. Eine Zeit, in der jeder immer viel zu berichten hatte. Von neuen Computerspielen zum Beispiel. Während meine Freunde sich die Zeit vor dem Computer mit Killerspielen vertrieben, saß ich am Flugsimulator. Es war meine große Leidenschaft, die schon ganz früh in meinem Leben begann.

Ganz genau kann ich mich noch an meinen ersten richtigen Flug erinnern. Meine Mutter, die beruflich viel unterwegs war und immer viel flog, hatte mir zu meinem siebten Geburtstag einen Rundflug geschenkt. Ich war damals so aufgeregt, dass ich gar nicht in die Maschine einsteigen wollte. Bis sie mich schließlich überreden konnte. Es war ein Erlebnis, welches ich bis heute nicht vergessen habe. Es hat mich geprägt. Seit diesem Tag kam für mich kein anderer Beruf mehr in Frage – ich wollte Pilot werden. Zu dieser Zeit, das muss wohl in der sechsten oder siebten Klasse gewesen sein, hatte ich auch Kate kennengelernt. Wir waren zusammen im Musikunterricht und mussten gemeinsam tanzen. Danach haben wir uns wieder aus den Augen verloren. Zu jener Zeit tauschten meine Freunde Karten mit mehr oder weniger bekannten Football- oder Basketballspielern. Ich konnte da nie mithalten. Nie hatte ich mich sehr für Sport interessiert. Andere interessierten sich in diesem Alter für Computerspiele und Autos. Doch ich schaute Mädchen hinterher und sprach von der Fliegerei. Das machte mich zu einer Art Außenseiter, auch wenn ich mich nie so fühlte. Ich war einfach begeistert von der Fliegerei, neben den Mädchen. Wenn ich mittags nach der Schule nach Hause kam, führte der erste Weg an den Computer. Mit dem virtuellen Flugzeug bereiste ich fremde Länder, fremde Kulturen und stellte mir vor, wie die Menschen dort lebten. In der Schule sprach ich oft davon. Irgendwann würde ich meine Träume in die Realität umsetzen. Die Jahre vergingen. Ich dachte immer wieder an Kate. Flüchtig sah ich sie in der Schule, doch ich hatte nie den Mut gehabt, sie anzusprechen. Ich war nie besonders mutig gewesen.

Wir wurden älter. Ich hoffte sehr, dass Kate irgendwann einmal, wenigstens in einem Fach, bei mir in der Klasse sein würde. Und dann wurde mein Wunsch erhört. Es war Anfang der neunten Klasse, als sie unserer Gruppe zugeteilt wurde. Was das für ein Gefühl war. Unbeschreiblich. Doch ich war nicht der Einzige, der sich für sie interessierte. Eines Tages nahm ich all meinen Mut zusammen und bat sie um ein Date. Meine Aufregung konnte ich kaum unterdrücken. Ich ließ meinen Gefühlen freien Lauf. Die Nervosität legte sich. Und ich hatte Erfolg. Wir küssten uns. Ab diesem Moment waren wir unzertrennlich. Gemeinsam waren wir stark. Jede Sekunde wollten wir miteinander verbringen.

Kate lebte im Nachbarort. Jeden Tag besuchte ich sie. Jeden Tag waren wir zusammen. Es war der schönste

Sommer meines Lebens. Unsere gemeinsamen Erlebnisse waren etwas Besonderes. Wir hatten uns geschworen, für immer zusammen zu bleiben. Jeden Abend sahen wir uns gemeinsam die traumhaften Sonnenuntergänge an. Wie die Sonne in den verschiedensten Rottönen langsam hinter den malerischen Bergen verschwand. Es war, als wäre das alles nur für uns geschaffen. Unser erstes Mal erlebten wir auf einer Wiese, fernab von jeglicher Zivilisation in den endlosen Weiten. Niemandem erzählten wir davon. Es blieb unser Geheimnis. Kate hatte ihrer Mutter nichts von unserer Beziehung gesagt. Sie hatte Angst, ihre Mutter hätte etwas dagegen. Niemand und nichts sollte uns jemals trennen. Kate besaß eine beindruckende Liebe zur Natur. Von ihr lernte ich mehr über die Pflanzen und Tiere in unserem Land, als in meinem gesamten bisherigen Leben. Sie erzählte mir von all den Zerstörungen der Lebensräume auf dieser Welt. Ich hatte noch nie jemanden kennengelernt, der ein auch nur annähernd bedeutendes Ziel gehabt hätte: die Rettung der Erde.

Während ich mir nie viele Gedanken über das Wohl unserer Natur gemacht hatte, schaffte Kate es, dies zu ändern. Ich begann wie sie unseren Planeten zu lieben. Für die Natur hätte sie alles gegeben. Sie erzählte mir von ihrem großen Vorhaben, der Gründung einer eigenen Naturschutzorganisation. Immer größer wurde mein schlechtes Gewissen. Mein Traumberuf Pilot passte wohl kaum zu den Naturschutzgedanken meiner Freundin. Aber sie hatte nicht das geringste Problem damit. Im Gegenteil. Sie war der Meinung, dass man nahezu alles miteinander vereinen könne. Ich war erleichtert, denn ich wollte sie auf keinen Fall enttäuschen.

Gemeinsam entwickelten wir ein Projekt für den Naturschutz. Inspiriert von Kate hatte ich die Idee, mit ihr eine Weltreise mit dem Flugzeug zu unternehmen. Bald wollte ich nämlich mit meiner Flugausbildung beginnen und sie hatte den sehnlichsten Wunsch, einmal in ihrem Leben den Regenwald zu besuchen. Ich sprach mit ihr darüber. Sie war sofort überwältigt. Vor Freude begann sie zu weinen. Wir wollten unsere große Reise antreten, sobald wir unseren Schulabschluss in den Händen hielten. Mit dem Studium konnten wir später beginnen. Gleich in den nächsten Tagen fing sie mit den ersten Planungen an. Sie war eine Perfektionistin, das war es auch, was ich so an ihr liebte.

Eines Tages wollte ich Kate überraschen. Gerade hatte ich mit meiner Pilotenausbildung bei einer Flugschule im Nachbarort begonnen. Ich hatte ihr aber noch nichts davon erzählt. Ein Traum erfüllte sich, als ich das erste Mal in einem echten Flugzeug selbst das Steuer übernehmen durfte.

Ganz spontan fragte ich Kate eines Abends, ob sie mal Lust hätte unser Land aus einer anderen Perspektive zu sehen: nämlich aus der Vogelperspektive. Am nächsten Tag erlebte sie mit mir den ersten Flug ihres Lebens. Gerne wäre ich mit ihr alleine geflogen, doch da ich noch mitten in der Ausbildung stand, begleitete uns mein Fluglehrer. Es tat ihrem Erlebnis keinen Abbruch. In den nächsten Tagen sprachen wir immer wieder darüber. Die grenzenlose Freiheit war es, die es ihr angetan hatte. So wurde für uns beide aus meiner Pilotenausbildung der Weg zur Freiheit und aus meiner angestrebten Lizenz, die Lizenz zum Freisein.

Ab diesem Tag flogen wir öfter gemeinsam. Fast wollten wir gar nicht mehr auf die Erde zurück. Die Vorfreude auf unsere große Reise wurde jedes Mal größer. Bis dahin aber sollte es noch eine Weile dauern.

Da wir bereits über fünf Monate zusammen waren, konnte meine Freundin vor ihrer Mutter unsere Beziehung nicht länger geheim halten. Entgegen dem, was wir beide erwartet hatten, war ihre Mutter gar nicht überrascht. Kate erzählte mir, ihre Mutter habe ihr gesagt, dass unsere Freundschaft ihr zwar nicht sehr gefalle, wir seien doch noch so jung, aber ihr sei es wichtig, dass Kate glücklich ist. Das war sie. Und dann wollte mich ihre Mutter kennenlernen. Natürlich war ich vor dem ersten Treffen aufgeregt. Aber als Kate mir die Tür öffnete und mich hineinbat, war alles verflogen.

Ihre Mutter war eine Frau mittleren Alters mit leichten Rundungen. Sie war mir sofort sympathisch. Sie sah ihrer wunderschönen Tochter kaum ähnlich, aber wir verstanden uns auf Anhieb. Ich erzählte ihr von meiner Pilotenausbildung. Ihre Mutter war begeistert davon. Gemeinsam saßen wir an dem großen Tisch im Esszimmer. Kate hatte einen Kuchen gebacken. Nie hatte sie mir von ihrem Vater erzählt. Wie ich an diesem Abend erfuhr, war er bei einem Arbeitsunfall ums Leben gekommen, als sie zwei Jahre alt war. Sie hatte ihn nie wirklich kennengelernt. Ihre Mutter erzählte, wie sie Kate alleine groß gezogen hatte. Nie war jemand da gewesen, der ihr geholfen hatte. Sie hatte immer sehr große Angst um ihre Tochter. Angst, dass ihr etwas zustoßen könnte. Kate war ihr einziges Kind, und später als sie älter wurde sie ihre einzige Bezugsperson. Verwandte gab es keine mehr.

Ich konnte verstehen, warum Kate ihrer Mutter so lange unsere Beziehung verschwieg. Ihre Mutter wollte uns nicht trennen, aber sie machte sich große Sorgen um ihre Tochter und hatte Angst, sie zu verlieren. Es muss das Schlimmste für eine Mutter sein, das eigene Kind zu verlieren.

Spät am Abend verabschiedete ich mich von Kate und ihrer Mutter. Ich musste zurück nach Hause. Als wir uns am nächsten Tag trafen, erzählte Kate mir, dass ihre Mutter über mich gesagt hatte, ich sei der beste

Freund, den sie sich heraussuchen konnte. Dann sagte sie mir, wie sehr sie mich liebe.

In der Schule saßen wir beide natürlich mittlerweile schon seit geraumer Zeit auf derselben Bank. Seitdem wurden auch unsere Noten wieder besser. Während Kate in den naturwissenschaftlichen Fächern die Nase vorn hatte, konnte ich sie in den sprachlichen Fächern unterstützen. Wir wurden auch hier ein eingespieltes Team.
Ich war sechzehn Jahre alt. Meine Freundin fünfzehn. Und wir hatten weder Handy noch Führerschein. Während die anderen bereits mit dem eigenen Auto unterwegs waren, bewegten wir uns zu Fuß oder fuhren mit dem Schulbus. Wir waren so oft zusammen, dass wir uns nicht auch noch anrufen mussten. Kate hatte ein wunderschönes altes Telefon, welches im Flur ihres Hauses befestigt war. Wenn ich loslief, um mich mit ihr zu treffen, ließ ich es immer dreimal bei ihr klingeln, oder umgekehrt. Das war unser Zeichen.

Nach dem Gespräch mit ihrer Mutter trafen wir uns oft direkt an ihrem Haus. Es war wunderschön. Vollständig aus Holz und noch aus der Zeit des Bürgerkrieges.

Am Eingang befand sich eine prächtige hölzerne Veranda, an deren Vordach eine Hängematte befestigt war. Wir genossen es sehr, von dort aus den Sonnenuntergängen zuzusehen. Zwischen uns gab es keine Probleme. Und die wenigen, die wir hatten, schafften wir im Handumdrehen beiseite. Für uns war die Welt in Ordnung, es gab keine Gewalt, es gab keinen Krieg, es gab nur die unendlichen Weiten und malerischen Sonnenuntergänge Montanas. Und uns beide mittendrin.

Nie hatte ich daran geglaubt, dass es Gewalt wirklich geben könnte. Sie war für uns einfach nicht existent. Ich kannte sie nur aus den Nachrichten, Filmen und der Zeitung. Sie war weit entfernt. Zu weit, um jemals daran zu denken. Unsere Heimat lag fünfzig Meilen von der nächsten größeren Stadt entfernt. Nicht viele Fremde verirrten sich hierher. Wir liebten die Einsamkeit. Hier waren unsere Freunde.

Uns prägte die gigantische Landschaft, die uns umgab. Dies mag wohl auch der Ursprung von Kates Liebe zur Natur gewesen sein. In unserem Bundesstaat, der viertgrößte der USA, aber einer mit den wenigsten Einwohnern, entfaltet die Natur nahezu alle Arten ihrer

Schöpfung. Aber die Natur wurde beraubt. Kate erzählte mir immer wieder über die unermessliche Zerstörung, die unsere Vorfahren vor mehr als zweihundert Jahren angerichtet hatten. Es war die Zeit des Goldrausches, der im Jahre achtzehnhundertzweiundsechzig begann. Tausende Menschen kamen in unser Land, in der Hoffnung auf Glück und Reichtum. Bis heute sind unsere Städte Zeugen der Zeit. Die Narben in der Natur sind verwachsen, aber immer noch sichtbar. Heute gibt es in unserem Staat große, weite Nationalparks im Norden wie im Süden. Wäre es nach meiner Freundin gegangen, hätten noch viel mehr errichtet werden sollen. Eines ihrer Ziele war, den Raubbau in den Wäldern im Nordwesten zu verhindern. Ihr Plan war es, Spenden zu sammeln, um diese dem Staat abzukaufen und so für Nachhaltigkeit zu sorgen. Würde der Wald nicht mehr vom Menschen betreten werden, könnte sich die Natur wieder neu entfalten. Ich hielt ihre Pläne nicht für umsetzbar, zeigte mich aber zuversichtlich, denn ich wollte kein Spielverderber sein.

Durch diese magische Landschaft durften wir jeden Morgen in die Schule gehen. Es war jeden Tag derselbe Ablauf. Nachdem ich das Haus verlassen hatte, führte mich der erste Weg zu Kate. Die kleine Straße, die zu Kates Ortschaft führte, war nur ein kleiner steinerner Weg. Zwei Autos passten knapp aneinander vorbei. Es war malerisch. Links und rechts des Weges befanden sich die Weiden der Pferde, die genüsslich im Gras in die saftigen Blätter bissen. Es war, als würden mich die Pferde jeden Morgen begrüßen. Jedes Mal, wenn ich auf dem Weg zu Kate war, hoben sie einer nach dem anderen den Kopf, um diesen schließlich wieder gemütlich zu senken und die Suche nach dem saftigsten Gras fortzusetzen. Pferde sind wundervolle Tiere. Ich kann verstehen, warum sie die Lieblingstiere von vielen Mädchen sind, sie waren es auch von Kate.

Über die Jahre hinweg hatte ich mir vorgenommen, reiten zu lernen. Doch daraus wurde nichts, denn ich verschob es immer wieder. Jeden Morgen wurde ich beim Vorbeigehen daran erinnert. Es hätte Kate sicherlich gefallen. Doch dass ich Pilot werden wollte, gefiel ihr noch mehr. Jeden Morgen war ich aufgeregt, wenn ich durch das kleine verwitterte hölzerne Tor in den Garten in Richtung des Hauseingangs ging. Fast immer hörte sie mich und schaute aus dem kleinen Fenster ihres Zimmers unter dem Dach. Sie winkte mir zu und signalisierte, dass sie gleich kommen würde. Kurz danach stand sie vor mir, noch bevor wir ein Wort sagten, küssten wir uns.

So liefen wir jeden Morgen zur Schule. Der erste Weg führte uns beide zum anderen Ende ihres Ortes, an dem sich die Haltestelle für den Schulbus befand. Dort trafen wir auf ein Dutzend anderer Schüler, die auch unsere Schule besuchten. Wir kannten jeden Einzelnen, doch viele nur flüchtig. Fast alle waren ganz in Ordnung. Aber es gab auch Ausnahmen. Wie zum Beispiel Kilroy, ein kleiner rundlicher Junge, der nichts Besseres im Sinn hatte, als jeden Morgen meine Freundin anzumachen: »Hey Katie, wir wär's mit uns? Wenn du die Lust auf deinen Trottel verloren hast, kannst es ja mit mir versuchen.«

Kate lachte immer und wendete sich kommentarlos von ihm ab. Der Bus, der uns jeden Morgen zur Schule brachte, war ein typisch amerikanischer Schulbus. Bereits von weiter Ferne waren die hellgelbe Lackierung und die orangenen, grellen Lichter deutlich auszumachen, wenn er sich durch das Tal schlängelte. Über die

Jahre wurden die Fahrer zu meinen besten Gesprächspartnern. Wir kannten uns gut. Meistens fuhr Dan, ein kleiner Mann mittleren Alters. Sonst gab es noch Helena, Ende vierzig, die sich noch etwas dazuverdienen musste, um ihren beiden Kindern eine Zukunft bieten zu können. Hin und wieder fuhren Aushilfsfahrer, die ich nicht kannte. Meistens saßen Kate und ich vorne im Bus, während ich mich mit dem Fahrer unterhielt. Kate blickte derweil lächelnd aus dem Fenster auf die großen Weiten.

Es gab drei weitere Haltestellen, an denen die Schüler zustiegen. An jeder wurden es mehr, denn wir näherten uns von Ort zu Ort der größten Stadt in einem Umkreis von fünfzig Meilen. So wurde es immer lauter im Bus. Die schöne Ruhe war schnell vorüber. Die verschiedensten Musikrichtungen dröhnten aus den Kopfhörern. Und es kam immer wieder zu kleinen Rangeleien. Kate und ich hörten unterwegs keine Musik, wir besaßen nicht mal einen MP3-Player.

Nach der letzten Haltestelle waren es nur noch wenige hundert Fuß, bis der Bus mit quietschenden Bremsen zum Halten kam, sich die Türen zischend öffneten und wir uns freundlich von unserem Fahrer verabschiedeten. Die Haltestelle vor der Schule lag auf der anderen Straßenseite. Vorbei gingen wir an rauchenden Mitschülern. Kate und ich waren Nichtraucher. Wir hatten auch niemals vorgehabt, damit anzufangen. Nachdem wir mit weitem Abstand und angehaltenem Atem den Raucherbereich überstanden hatten und wieder frische Luft einatmen konnten, trafen wir an einer fest vereinbarten Stelle neben einem Stein auf unsere wahren Freunde.

Tom kannte ich seit dem Beginn der High School, Greg und John lernte ich durch Tom zwei Jahre später kennen, sie waren in unserer Parallelklasse. Bevor ich mit Kate zusammen war, haben wir vier viel gemeinsam unternommen. Meistens trafen wir uns in einem Fast Food Restaurant in der Stadt und sprachen über unsere Lehrer und Schulkameraden. Doch seit ich Kate kannte, waren die Treffen mit meinen Freunden seltener geworden. Ich war der erste von uns vier, der eine feste Freundin hatte.

Kates Freundinnen kannte ich nur flüchtig. Ihre Namen konnte ich mir nur schwer merken. Wie ein Großteil meines Freundeskreises, waren Kates Freundinnen in einer Parallelklasse. In meiner Klasse hatte sie nur mich und das fand ich auch gut so. Mit unseren Lehrern kamen wir gut klar. In der Mittagspause gab es Essen in der Kantine der Schule. Es war nicht das Beste, aber genießbar. Kate mochte das Essen aus der Kantine nicht. Sie aß am liebsten nur Produkte, die biologisch korrekt angebaut wurden. Das verlangte sie auch von mir, um Rücksicht auf die Natur zu nehmen. Von Fast Food kann man das nicht unbedingt behaupten. Aber mir schmeckte es einfach, doch ich kam ihrer Bitte selbstverständlich immer öfter nach.

Die Kantine war ein willkommener Ort, um sich über alles Erdenkliche auszutauschen. Während Kate mit ihren Freundinnen plauderte, erzählte ich meinen Freunden immer wieder von meinen Eindrücken, die ich auf meinen Flügen gesammelt hatte. Alle hörten mir gespannt zu, was ich sehr genoss. Ich erzählte ihnen von gefährlichen Situationen, welche ich in Seelenruhe gemeistert hatte. Natürlich erhöhte ich die Spannung gekonnt, denn in der Realität war ich bis jetzt glücklicherweise noch nie in eine kritische Situation gekommen. In Wirklichkeit hoffte ich, niemals eine derartige Situation erleben zu müssen. Ich hatte panische Angst davor. Immer noch war ich mit meinem Fluglehrer unterwegs und die meisten Dinge, von denen ich erzählte, gehörten zum Ausbildungsrepertoire. Doch das wussten sie nicht.

Die viel zu kurze Pause war meist zu schnell zu Ende. Oft hatten wir danach noch zwei Stunden Unterricht in den Fächern, die Kate und ich am liebsten mochten: Musik und Kunst. Ich konnte zwar nicht tanzen, genoss es trotzdem sehr, es wenigstens mit Kate zu versuchen. Die Welt hatte sich für mich verändert, seitdem ich Kate kennengelernt hatte. Vieles zog einfach an mir vorbei, ohne dass ich etwas davon mitbekam. So enorm war meine Zuneigung zu ihr und bei Kate war es genauso.

Es war ein Tag im Frühsommer, der schönste seit langem. Die Sonne schien. Das erste Mal in unserer Beziehung hatten wir uns gestritten. Kate stellte mich zur Rede. Sie war der Ansicht, ich würde ihr etwas verschweigen. Es war meine Schuld. In den letzten Tagen war ich so beschäftigt mit dem Lernen für meine Pilotenlizenz gewesen, dass ich einfach nicht mehr genügend Zeit für sie hatte. Ich sagte ihr, wie sehr ich sie liebte und dass sich bald alles ändern würde. Bis zum Abend hatte sie mir vergeben.

Der nächste Tag brach friedlich an. An diesem Morgen war allerdings etwas anders als sonst. Ich konnte das Gefühl nicht beschreiben. An diesem Morgen hatte ich das Gefühl, so beschützt zu sein, dass mir niemals etwas zustoßen könnte. Es war seltsam, aber es wollte nicht vergehen. Ich konnte es nicht verstehen. Was mich beunruhigte war die Bitte Kates, den Flug, welchen ich am Abend angesetzt hatte, auf den darauffolgenden Tag zu verschieben. Natürlich kam ich der Bitte meiner Freundin nach, denn ich wollte ihr die Angst nehmen. Die Angst, irgendetwas könnte passieren. Sie wollte mir nicht davon erzählen, doch ich spürte förmlich, dass etwas mit ihr nicht stimmte. Eine solche, tiefe innere Angst kannte ich von Kate nicht. Ich wusste nicht, was ich tun sollte, doch scheinbar legte sich ihre Unruhe nachdem ich den Flug abgesagt hatte.

Wir beide machten uns keine weiteren Gedanken über unsere seltsamen Gefühle. Zu beschäftigt waren wir gewesen, denn eine Klausur in Mathe stand an. Waren wir früh am Morgen trotz unserer unerklärlichen Anspannung einigermaßen gelöst gewesen, so war dies nun wegen der anstehenden Klausur endgültig vorbei. Unser Mathelehrer war erkrankt. Er wurde von einer jungen Lehrerin vertreten, die noch nie zuvor bei uns Unterricht gehalten hatte. Ich hatte enorme Probleme, mit den Aufgaben klarzukommen. Umso mehr freute ich mich, dass Kate wohl einen wahren Treffer gelandet hatte. Mathe lag ihr einfach. Selbst die schwierigste Aufgabe konnte sich ihr nicht in den Weg stellen.

Nach der Klausur beschlossen wir unseren Klassenraum zu verlassen, um an der frischen Luft für die nächsten drei Stunden Kraft zu tanken. Unser kleiner Konflikt, der sich gestern zugetragen hatte, war vergessen. Wir küssten uns innig. Es war ein unbeschreibliches Gefühl. Ich werde es nie vergessen. Fast wären wir beide zu spät in den Unterricht gekommen. Auf das folgende Fach freute ich mich besonders, war es doch mein persönlicher schulischer Höhepunkt des Tages: Literatur. Es war das Fach, welches ich schon immer beherrschte.

Aber an diesem Tag war etwas anders. Ein Thema wurde angesprochen, über das ich nie genauer nachgedacht hatte: Gewalt im Alltag. Wir schauten uns einen Text an, der dieses Thema behandelte und von einem Gehirnwissenschaftler aus Boston verfasst worden war. Der Text war so kompliziert, dass ich ihn auf den ersten Blick gar nicht verstand. Nach mehreren Durchgängen wurde es klarer. Der Mann versuchte Gewalt damit zu erklären, dass Killerspiele sich in der breiten Masse der Jugend enorm verbreitet hatten. Und um dies zu erläutern, braucht dieser Mensch fünf Seiten. Das hätte man doch auch in einem Satz auf den Punkt bringen können, dachte ich. Kate war derselben Ansicht, doch es brachte nichts. Die anschließende Interpretation des Werkes hätte man sich wirklich sparen können. Angeregt machte ich mich an die Arbeit, doch mir fiel nichts ein, nicht mal das Geringste. Das war mir noch nie passiert.

Alle waren vertieft in ihre Arbeit, als ich mich umblickte. Das interessante ist, wenn man bei solchen Schreibaufgaben nicht weiter weiß, blickt man sich um. Jedenfalls ging mir das immer so. Doch was ich fand, war weit entfernt von meinem erhofften Einfall. Die Menge sah aus wie die grasende Herde Pferde, die ich jeden Morgen und Abend auf dem Schulweg sah. Ganz beschäftigt waren sie und gebeugt über die Tische. Es war eine fast schon gespenstische Ruhe, die in unserem Raum herrschte. Plötzlich fand ich es unheimlich, doch wusste ich nicht warum.

Dann klopfte es an der Tür. Es kam mir vor, als hätte es jemand sehr eilig. Wahrscheinlich hatte vorher einer meiner Mitschüler den Raum verlassen, um auf die Toilette zu gehen und wollte jetzt schnell wieder zurück. Aber warum klopft er oder sie dann? Die Tür wurde aufgeschlagen. Ich hatte keine Zeit mich umzudrehen, da begann es. Es klang wie im Krieg.

»Es sind Schüsse!«
»Das ist doch bestimmt ein Scherz.«
»Es hört sich nicht an wie im Fernsehen.«
»Natürlich ist es ein Scherz!«
»Sowas ist wohl lustig?«
»Bestimmt nicht.«
»Warum lacht niemand?«
»Wo kommt das ganze Blut her?«
»Was geschieht nur?«
»Runter! Die Köpfe runter!«
»Kann das überhaupt wahr sein?«

Die Pistole war so nah. Ich hoffte, dass es schnell vorbei sein würde. »Es soll schnell vorbei sein. Bitte mach, dass es schnell vorbei ist!«

Ich rannte. Plötzlich war alles dunkel.

Ich kam wieder zu mir. Alles war voller Blut. Ich dachte, sie schlafen alle. Was war bloß passiert? Was war das nur? Das war doch ein Traum.
Da vorne lag ein Handy, ich nahm es und rief 911.
»Dies ist die 911 Notrufzentrale, mit wem spreche ich?« »Hallo, mein Name ist David, ich bin hier in der

Schule. Jemand hat gerade geschossen, ich glaube es gibt Verletzte.«

Dann war wieder alles dunkel.

Als ich aufwachte, war ich in einem hellen, weißen Raum. Ich dachte, ich sei tot. Ich glaubte der Traum hat jetzt sein Ende gefunden. Dann hörte ich ein gleichmäßiges Piepsen. Es klang wie in einem Film. Ich blickte mich um. War ich wirklich im Krankenhaus? Aber warum? Ich wusste es nicht. An nichts konnte ich mich erinnern. Was war nur geschehen? Wieso war ich hier? Nach einer langen Zeit, vielleicht waren es auch nur ein paar Minuten, kam jemand in mein Zimmer. Es war ein Mann, Ende dreißig, kleiner Schnauzbart, mit einem weißen Anzug und einem Stethoskop um den Hals. Keine Frage, es war ein Arzt. Ich war erleichtert, so wie es aussah, hatte man mich doch nicht entführt. Er sprach mich an: »Hallo David, wie geht es dir? Du hast unglaubliches Glück im Unglück gehabt, wenn man das so sagen kann. Ich heiße John Miller und bin dein Arzt.« Ich antwortete: »Hallo, mir geht es gut soweit. Ich habe keine Schmerzen. Was ist passiert?« »Ich denke deine Eltern werden bald hier sein. Sie werden dir sicherlich alles erzählen. Es kann gut sein, dass du dich nicht erinnern kannst, aber das kommt wieder. Versprochen!« Er verließ das Zimmer mit der Bitte, ich solle ihn oder einen seiner Kollegen sofort rufen wenn ich mich nicht wohl fühlte. Mister Miller deutete auf die Taste am Bett.

Ich hatte wirklich nicht die geringste Idee, was geschehen war. Mit dem Flugzeug kann wohl nichts gewesen sein, am Vortag war ich gar nicht geflogen? Welches Datum hatten wir überhaupt? Neben dem Bett stand ein Kalender, es war Mittwoch. Was hatte ich heute gemacht? Ich wusste es nicht.

Nach einer schier endlosen Zeit kamen meine Eltern. Meine Mutter brachte einen riesigen Blumenstrauß in verschiedenen wunderschönen Farbtönen mit. Mein Vater schenkte mir ein kleines Modell von meinem Flugzeug. Aber was sollte das alles, aus dem Alter war ich doch längst heraus? Meine Eltern hatten einen Gesichtsausdruck, den ich von beiden nicht kannte. Die Freude mich zu sehen musste unermesslich groß gewesen sein. Ich verstand: etwas Schreckliches musste geschehen sein. Nichts wollte ich lieber wissen als das.

Mein Vater begann zu weinen. Noch nie zuvor hatte ich meinen Vater weinen sehen. Er sagte nicht viel und versuchte die Trauer zu unterdrücken. Doch in seinen Augen konnte ich sie sehen. »Könnt ihr mir sagen was passiert ist? Ich kann mich nicht erinnern, aber der Arzt sagte, die Erinnerung käme zurück.« Nun brach auch meine Mutter in Tränen aus. Dad versuchte, sie zu beruhigen. Er sagte: »Es gab einen Amoklauf in deiner Schule. Du hast überlebt.«

Panik stieg in mir auf: »Was!? Das kann nicht sein! Wo ist Kate?« »Wir wissen es nicht«, meinte mein Vater. »Das kann nicht sein! Das darf nicht sein!«, sagte ich. Ich wollte es nicht wahrhaben. So etwas konnte nicht einfach passieren. Nicht bei uns. Nicht in unserer Welt. Nicht an unserer Schule. Ich konnte nicht mehr sprechen. So etwas kannte ich von mir nicht, vermutlich war es ein Schock. Wie froh war ich, dass ich mich an die Realität nicht erinnern konnte. Ich wollte es auch nicht. Die Erinnerung wollte ich nie wieder zurückhaben, solche Angst hatte ich, die Wahrheit zu erfahren.

In meinem Zimmer stand kein Fernseher. Es war auch besser so. Ich wollte nichts von dem Amoklauf hören. Ich wollte nur hier raus, mit der Hoffnung, es wäre alles vorbei. Aber die Hoffnung zurück ins Leben zu finden, schwand bei mir in großen Schritten auf ein immer kleiner werdendes Gefühl. Als meine Eltern spät am Abend immer noch bei mir waren, wurde mir klar was passiert war. Es war die Realität, die mich einholte. Mit dieser musste ich mich auseinandersetzen. Doch gerne hätte ich alles verdrängt. Irgendwie musste ich einen Weg finden, einen Weg hinaus aus dieser Finsternis. Ich bat meine Eltern nach Hause zu gehen und sich keine Sorgen zu machen. Für den nächsten Tag wünschte ich mir einen Fernseher im Zimmer. Ich wollte erfahren, was wirklich geschehen war, denn mit Sicherheit würden die Sender über eine solche Tat berichten. Wenn eine Katastrophe passiert, die einen nicht betrifft, nimmt man diese wahr. Ich habe mir nie viele Gedanken gemacht, wenn irgendwo auf dieser Welt eine Tragödie passiert war. Sicherlich, ich hatte mitgefühlt, aber nur für kurze Zeit. Ich stand auf der anderen, auf der sicheren Seite. Nun hatte sich die Sicht für mich geändert. Jetzt gehörte ich zu den Menschen, die zum Teil einer Katastrophe geworden waren. Donnerstag war ein regnerischer Tag. Das wurde mir bereits früh am Morgen klar, als ich durch die mir seltsam wirkenden Geräusche des Krankenzimmers aufwachte. Ich blickte auf die Uhr. Es war halb sieben. Um diese Zeit war ich morgens immer aufgewacht, um meinen Weg in die Schule und natürlich meinen Weg zu Kate anzutreten. Kate! Wo war sie nur? Ich hoffte, dass ihr nichts passiert war. Wahrscheinlich hatte sie auch einen Schock erlitten und war vielleicht ganz in meiner Nähe, vielleicht sogar im gleichen Krankenhaus? Das Krankenhaus war groß. Groß genug, um sich aus den Augen zu verlieren. Ich hatte mir vorgenommen, die Ärzte zu bitten, sich nach ihr zu erkundigen. Ich war mir sicher, dass sie etwas wissen mussten.

Die Krankenschwester kam herein. Sie erkundigte sich nach meinem Wohlbefinden: »Guten Morgen David, und wie hast Du geschlafen? Hattest Du Albträume?«, fragte sie. Ich antwortete, so wie es gewesen war: »Guten Morgen, eigentlich habe ich ganz gut geschlafen, ich hatte keine Alpträume. Schmerzen habe ich auch keine.« Sie lächelte mich an: »Das freut mich sehr. Hast Du irgendeinen Wunsch?« Ich bat sie, sich nach

Kate zu erkundigen. Sie meinte, dass sie alles Mögliche tun werde, aber nichts versprechen könne. Dann ging sie wieder. Etwas später kam sie wieder zurück und brachte mir das Frühstück. Es war ein typisches Krankenhausessen, aber ich hatte wahnsinnigen Hunger. Am Abend zuvor hatte ich nichts mehr essen können. Ich wusste nicht, seit wie vielen Stunden ich nichts mehr gegessen hatte. Es kam mir wie eine halbe Ewigkeit vor. Die Schwester teilte mir mit, dass sie es sehr bedauere, aber sie hätte nichts über Kate herausfinden können.

Wollten sie mir nichts sagen, oder wussten sie wirklich nichts von ihr? Meine Anrufe mit dem Zimmertelefon bei ihr zu Hause waren alle erfolglos geblieben. Niemand meldete sich bei Kate. Ihre Mutter war bestimmt bei ihr, so wie es meine Eltern auch waren. Hätten wir beide doch nur ein Handy, dann könnten wir uns anrufen. Nie zuvor hatte ich mir so sehr ein Handy gewünscht. Doch was sollte ich nun tun? Ich fühlte mich hilflos.

Dann kamen meine Eltern. Ich freute mich sehr, sie wieder zu sehen. »Hallo mein Schatz, wie geht es dir?«

Meine Mutter strich mir liebevoll über meine Haare. Noch bevor ich eine Antwort geben konnte, meinte mein Vater: »Ich hoffe du konntest ein wenig schlafen.« »Ich habe gut geschlafen, hatte nicht einen Alptraum. Aber mein sehnlichster Wunsch ist es zu wissen, wie es Kate und den anderen geht.« Meine Mutter tröstete mich: »Ich habe bei Kates Mutter angerufen und Dein Vater ist zu ihrem Haus gefahren. Es war niemand da, aber vielleicht ist sie in einem anderen Krankenhaus und ihre Mutter ist bei ihr. Ach ja und Toms Mutter hat angerufen und mir mitgeteilt, dass es ihm gut geht. Greg und John waren zu der Zeit als es passierte woanders. Ihre Klasse hatte nichts mitbekommen von dem Ganzen.« In mir erwachte ein Hoffnungsschimmer: »Ich rufe Tom nachher an, ist er zu Hause?« Meine Mutter meinte: »Ja, seine Mutter erzählte mir, er sei zu Hause. Er hat sofort nach dir gefragt und will dich besuchen. Allerdings habe ich gesagt, dass es dir den Umständen entsprechend gut geht, du aber Ruhe brauchst.« Brauchte ich wirklich Ruhe? Ich war mir da nicht sicher. In Wirklichkeit aber war ich voller Unruhe, ich wollte hier raus und nach der Wahrheit suchen. Ich wollte meine Freundin finden, ihr beistehen, denn ich war mir in meinem tiefsten Inneren sicher, dass sie mich jetzt brauchte. Ich verspürte einen tiefen Schmerz. Mein Herz schien beinahe zu brechen, doch ich gab die Hoffnung nicht auf, so klein sie auch war: ich würde Kate lebend finden.

Noch nie, jedenfalls nicht seitdem ich älter war, blieben meine Eltern so lange bei mir. Es war ein seltsames Gefühl. Zum einen liebte ich meine Eltern sehr, zum anderen wirkte die plötzliche Nähe irgendwie unheimlich. Ich war es einfach nicht gewohnt. Aber sie gaben mir Kraft und standen mir bei. Der Täter hatte mich angeschossen. Doch es waren keine tiefen Wunden. Ich konnte nicht verstehen, warum ich überhaupt im Krankenhaus war. Es waren leichte Blessuren, Schürfwunden, aber auch ein seltsamer, gebrannter Kratzer am linken Arm, der mich spüren ließ, wie knapp es gewesen war. Der Arzt sprach von einem Wunder, wäre die Kugel nur wenige Zentimeter weiter in meinen Körper geschossen, dann hätte sie sehr wahrscheinlich mein Herz durchbohrt. Jedes Mal, wenn ich auf meinen Arm blickte, bekam ich dieses Gefühl. Ein eiskaltes, schreckliches Gefühl, dem man zu entfliehen versucht.

Die Kugel hatte mich verschont und mir ein zweites Leben geschenkt. Es war nicht in meiner Macht gestanden. Ich hatte das seltsame Gefühl, für eine besondere Aufgabe auserwählt zu sein. Warum ich? Was hatte ich getan? Ich wusste es nicht.

Dann telefonierte ich mit Tom. Er bestätigte, was meine Mutter mir schon erzählt hatte. Er käme am Sonntag vorbei. Tom wünschte mir viel Glück und Kraft, um Kate zu finden.

Meine Eltern hielten sich zum Zeitpunkt des Telefonats im Flur auf. Sie ließen mich allein. Als sie zurück in mein Zimmer kamen, waren sie in Begleitung. Ein junger Mann mit einer runden Brille schob sich mit in das Zimmer. Er lief direkt auf mich zu: »Hallo David, mein Name ist Doktor Michael Andersson, ich bin Psychologe von der Opferhilfe. Wie geht es Dir?« Noch bevor ich eine Antwort geben konnte, fiel mein Blick auf das Fernsehgerät, das draußen auf dem Flur auf einem Tisch stand. »Mir geht es gut. Entschuldigung, aber können Sie mir dieses Fernsehgerät bringen. Ich denke es geht mir dann noch besser.« Der Psychologe antwortete: »Deshalb bin ich hier. Ich bin da, um Dir zu helfen. Vielleicht löst das, was du im Fernsehen sehen wirst bei Dir etwas Unerwartetes aus. Du kannst jederzeit Bescheid sagen, ich bin bei Dir und kann Dir helfen.«

Was für ein Gefühl, als er zur Tür ging, um das Gerät in mein Zimmer zu bringen. Behutsam schob er den Tisch, der sich schwerfällig in Bewegung setzte, neben mein Bett. Ich konnte es kaum erwarten, die ersten Nachrichten über das Geschehene zu sehen. Die Fernbedienung hielt er in seiner Hand, er schaltete das Gerät ein. Es herrschte eine solche Anspannung im Raum, wie ich sie zuvor nur selten erlebt hatte. Das Bild baute sich langsam auf. Als erstes kamen die Ergebnisse des Footballspiels vom Abend vorher. Was für eine Enttäuschung. Im nächsten Kanal landeten wir einen Volltreffer. Man sah meine Schule, viele Krankenwagen, zu viele um sie zählen zu können. Hubschrauber, die ihre Kreise zogen. Und Polizisten in Tarnanzügen mit Maschinenpistolen in den Händen, wie ich sie nur aus Killerfilmen und Computerspielen von Freunden kannte.

Die Überschrift ließ mich glauben, es sei gar nicht meine Schule, die ich hier sah.

NEUESTE NACHRICHTEN: SCHRECKLICHER AMOKLAUF TÖTET 16 SCHÜLER EINER HIGH-SCHOOL IN MONTANA – ZAHLREICHE VERLETZTE

Das konnte nur ein Irrtum sein. Bestimmt hatten die sensationshungrigen Medien einen Fehler gemacht. Folge einer missverständlichen Kommunikation mit der Polizei. Niemals konnte diese Zahl stimmen. Plötzlich sah ich all das Blut, all die vielen Krankenwagen. Ich hatte alles wieder vor Augen. Es war in meinem Kopf. Wie konnte das nur sein? Ich zitterte. Ich wollte all dem entfliehen. Aber es war aussichtslos. Der Psychologe stellte den Fernseher ab und fragte mich: »David, was ist passiert? Wie fühlst du dich?« Es fiel mir unendlich schwer zu antworten, aber ich versuchte es: »Es ist alles da, ich sehe es, es ist hier.« Der Psychologe setzte nach: »Was, was siehst du? Versuche es zu beschreiben, aber wenn du nicht möchtest, dann sprechen wir ein anderes Mal darüber, es muss nicht jetzt sein.« Obwohl es mir schwer fiel, hielt ich es für richtig, mit ihm darüber zu sprechen: »Ich sehe das Blut, ich sehe es überall. Alles ist voll. Ich sehe meine Freunde auf dem Boden liegen, es sieht aus als würden sie schlafen. Es ist furchtbar.«

Die Bilder, die in meinem Kopf aufleuchteten, waren so schrecklich, dass es mir Angst machte darüber zu sprechen. Ich hatte Angst davor, andere Menschen könnten mich für verrückt halten. Es war ein seltsames Gefühl, selbst im Gespräch mit einem Psychologen oder meiner Mutter. Ich konnte die Bilder nicht beschreiben, nicht so, wie ich sie wirklich sah. Es war alles so real. Es sah aus, als wäre es gerade erst geschehen. Und ich war mittendrin und fühlte mich hilflos. Ich konnte nicht das Geringste dagegen tun. Nur zusehen und hoffen, dass es vorbei geht.

Doktor Andersson lächelte. Er setzte sich neben mich. Ich konnte das alles nicht verstehen. Nach einer kurzen Pause reagierte er auf meine seltsamen Blicke: »David, so schrecklich die Bilder, die Du siehst auch sein mögen, sie sind ein gutes Zeichen. Ein sehr gutes. Deine Erinnerung ist zurück. Jetzt beginnt die Aufarbeitung.«

Meine Eltern freuten sich irgendwie, doch ihre Blicke hatten einen seltsamen Beigeschmack. Wie konnte man sich in einer solchen Situation, in der wir uns alle nun befanden, über irgendetwas freuen? Plötzlich wünschte ich, meine Erinnerung wäre nie zurückgekehrt. Dann hätte ich niemals das alles gesehen. Ich hätte es verdrängen können, vielleicht so wie ich es in der Vergangenheit auch gemacht hatte. So wie ich es bei schlechten Noten in Mathe getan hatte. Es funktionierte besser, als ich je geglaubt hatte. Aber in diesem Fall war es anders. Denn eine Stimme sagte mir, dass ich mich der Wahrheit stellen musste. Es gab kein Entrinnen.

Noch eine Weile saßen wir im Zimmer zusammen und sprachen. Egal worüber, es war enorm wichtig für mich zu sprechen. Egal mit wem, doch meine Eltern waren mir am liebsten. Doktor Andersson hatte ich zu verstehen gegeben, dass ich den Rest des Tages alleine meistern könne und ihn in dem Glauben gelassen, ihn jederzeit zu rufen, wenn ich ihn bräuchte. Wollte ich das wirklich tun? Darüber war ich mir nicht sicher, denn wie immer wollte ich auch diese Situation alleine meistern, jedenfalls äußerlich.

Dann gingen auch meine Eltern. Sie versprachen, dass sie später wiederkommen würden. Meine Mutter wollte unbedingt etwas über Kates Zustand herausfinden und in welchem Krankenhaus sie war. Sie versprach, alles zu tun um mir zu helfen. Sie wollte Kate für mich finden. Mit einem Kuss auf die Wange verabschiedete sie sich von mir. Ich stand auf und ging zum Fernseher. Vielleicht fand ich eine Sendung, die mich etwas aufheitern konnte. Eine Talkshow oder irgendetwas Witziges. Eigentlich sollte ich nicht alleine fernsehen. Zunächst holte ich tief Luft. Ich hatte mir fest vorgenommen, bei jedem Programm, das meine Schule zeigte, sofort weiter zu schalten. Es gelang mir, eine lustige Talkshow zu finden und ich konnte tatsächlich ein wenig abschalten.

Irgendwann schaltete ich das Gerät aus und verließ mein Bett. Durch das kleine Fenster in der Krankenhaustür sah ich plötzlich meine Mutter. Wir begrüßten uns, als hätten wir uns eine Ewigkeit nicht mehr gesehen. Dabei waren es gerade mal anderthalb Stunden. Doch hinter der Freude versteckte sich auch Hoffnung. Hatte sie vielleicht etwas herausgefunden? Wie ging es Kate? Hatte sie eine Telefonnummer dabei? Sofort fragte ich: »Und? Gibt es was Neues?« Enttäuscht antwortete sie: »Es tut mir leid, ich habe überall angerufen, nochmal mit den Leuten hier gesprochen, aber niemand weiß etwas. Aber wir werden es herausfinden, versprochen.«

Eine innere Anspannung machte sich breit, aber ich versuchte sie zu verdrängen. Bis zum späten Abend blieb meine Mutter bei mir. Um ehrlich zu sein, kann ich mich nicht mehr daran erinnern, worüber wir gesprochen haben. Wahrscheinlich saßen wir die meiste Zeit nur da und sahen aus dem Fenster.

Mittlerweile hatte es aufgehört, zu regnen. Ein wundervoller, sehr farbenfroher Regenbogen machte sich am Himmel breit. Ein traumhaftes Schauspiel der Natur. Und ich dachte an Kate. Wann war es das letzte Mal gewesen, als wir beide uns einen Regenbogen angesehen hatten? Vor einer Woche war es. Wir beide waren zu dem kleinen See gegangen. Es war wundervoll. Wir hatten das Gefühl, der Regenbogen sei nur für uns beide von einer höheren Macht in den endlosen Himmel gemalt worden. Kate sprach beim Anblick dieses Schauspiels immer von einer höheren Macht, die jedem, der sie in einer Notlage brauchte, unendlich viel Kraft schenken konnte. Man müsse nur daran glauben.

Jetzt, so wie ich hier mit meiner Mutter beisammen saß, glaubte ich daran. Ich spürte Tränen in meinen Augen, wollte sie aber vor meiner Mutter verbergen. Mein Vater rief mehrere Male an, mal auf dem Telefon in meinem Zimmer, ein anderes Mal auf dem Handy meiner Mutter. Es würde wohl später werden, hatte er meiner Mutter gesagt. Mich fragte er immer wieder, wie es mir gehe. Das hatte er noch nie getan. Aber diese Zeit war sowieso ein Wendepunkt in unserem Leben, an dem wir viele Dinge taten, die wir zuvor noch nie gemacht hatten. Als mich meine Mutter an diesem Abend verließ, verabschiedete sie sich mit einem Kuss auf meine Wange: »Schlaf gut mein Schatz, ich liebe Dich!«

Freitagmorgens kamen meine Eltern wieder zu mir. Eigentlich hatte ich sie erst später erwartet. Und sie waren wieder nicht allein. Eine Frau war bei ihnen. Die Frau war mittleren Alters und strahlte eine unendliche Ruhe aus. Sie stellte sich mir vor. Ihr Name war Elisabeth. Alle drei setzten sich an mein Bett. Meine Mutter machte den Anfang. Sie sagte mit einer ruhigen, aber dennoch angestrengt wirkenden Stimme: »Wir wissen jetzt, wo Kate ist.« Ein Gefühl voller Freude baute sich in mir auf. Ich war nicht mehr zu bremsen, ich musste erfahren, wie es Kate ging, wie schwer ihre Verletzungen waren. Mein ganzer Körper zitterte. Aber ich hatte solche Angst. Eine so große Angst, wie ich sie noch nie erlebt hatte. Warum hatte nur dies alles geschehen müssen? Warum war Kate nicht bei mir?

Dann redete die Frau weiter: »Kate war in deiner Klasse, ist das richtig?« »Ja, wir saßen direkt an der gleichen Bank, Kate ist meine Freundin.« Nach einer kleinen Weile fuhr Elisabeth fort:
»David, es tut mir unendlich leid dir mitteilen zu müssen, dass deine Freundin bei dem Amoklauf ums Leben gekommen ist. Mein herzliches Beileid, ich wünsche dass Gott dir beisteht und ich wünsche dir all die Kraft, die du nun brauchen wirst, um dieses schreckliche Ereignis zu verarbeiten…«

Mehr konnte ich nicht verstehen. Ich konnte nicht mehr zuhören. Mein Herz blieb für Sekunden stehen.

Ich fiel in ein tiefes Loch. Meine Eltern waren bei mir, aber ich konnte nichts mehr hören, nichts mehr sehen. Sie weinten, sie hatten es bereits gewusst, konnten es mir selbst aber nicht sagen. Ich wünschte, mein Leben wäre vorbei gewesen. Meine Augen brannten von den vielen, unzähligen Tränen.

Warum war ich noch hier, in dieser gottverdammten Welt? Warum war ich nicht tot, dann wäre ich jetzt bei ihr. Warum musste sie sterben und nicht ich? Warum konnte ich ihr nicht helfen? Warum musste dieser Mensch das tun? Warum uns? Warum hat er uns das angetan?

Ich kann mich nicht daran erinnern, was an diesem Tag noch geschah. Diese Worte waren die letzten, an die ich mich noch erinnern kann. Und sie kamen wieder. Immer wieder hörte ich sie im Schlaf, am Tag, am Abend, immer wenn es leise war oder ich mich gerade nicht konzentrierte, waren sie wieder da. Nichts half dagegen, keine Unterhaltung, keine Medizin. Ich konnte mir nur selbst helfen, nur ich ganz allein, indem ich mir diese Worte jedes Mal, wenn sie wieder zurückkehrten ein weiteres Mal anhörte, so lange, bis ich sie nicht mehr hörte. Im Lauf der Zeit wurden sie leiser, ganz langsam. Doch verstummt sind sie nie, bis heute nicht, ich höre sie immer dann, wenn es wieder leise ist, wenn ich an nichts denke und dem Alltag entfliehen will.

Es war Samstag. Ich weiß nicht mehr, was ich am Abend davor oder die Nacht über getan hatte. Doch ich musste wohl geschlafen haben. Am Morgen war ich bereits gegen vier Uhr aufgewacht. Ich wollte unbedingt den Sonnenaufgang sehen. Warum wusste ich nicht, aber ich hatte das Gefühl er würde mir Kraft geben. Vielleicht die Kraft um weiterzuleben. Oder die Kraft meinem Leben ein Ende zu setzen. Vielleicht war es ein Ruf von Kate, die in ihrer neuen Welt im Himmel jemanden brauchte, um sie zu beschützen. Ich wusste es nicht.

Um dem Sonnenaufgang näher zu sein, ging ich an das Fenster und öffnete es. Es war wunderschön. Es schien, als gab es an diesem Morgen unendlich viele, helle Farbtöne, von denen die Natur verschwenderisch Gebrauch machte. Es fühlte sich an wie der Inbegriff des Lebens. Ich war überwältigt von der Schönheit des

Anblicks. Und plötzlich hatte ich das Gefühl, von einer unermesslich großen Kraft angezogen zu werden. Ich hatte das Gefühl, Kate braucht mich sofort und ich fühlte eine immense Anziehung. Aus dem Fenster blickte ich nach unten. Es waren gut dreißig Fuß. Ich wollte Kate nahe sein. Das war der einzige Gedanke, der sich in meinem Kopf befand. Kate nahe sein. Ich stieg auf das Fensterbrett, schloss meine Augen. Ganz weit öffnete ich meine Arme. Ich hatte das unbeschreibliche Gefühl fliegen zu können. Frei zu sein, ganz wie ein Vogel. Ich spürte nichts. Nur eine Brise, die mir ins Gesicht wehte. Es war ganz hell. Eine höhere Macht würde gleich kommen, um mich zu holen. Sie würde mich zu Kate bringen, daran bestand für mich kein Zweifel mehr.

Was war jetzt? Was war nur? Plötzlich klingelte das Telefon. Dreimal. Erschrocken stieg ich vom Fensterbrett herab und rannte in Richtung des kleinen, weißen Hörers. Doch als ich dort eintraf, war es wieder still geworden. Ich setze mich auf das Bett. All die Gefühle waren verloren gegangen. Es dauerte einen Moment, dann dachte ich nach. Was hatte ich eigentlich gerade tun wollen? Hätte ich mich wirklich in die Tiefe gestürzt? Ich wusste es nicht. Entsetzt über mich selbst begab ich mich zurück zum Fenster, schloss es und schwor mir, es nicht wieder zu öffnen. Aber wer hatte angerufen? Mir fiel ein, dass Kate und ich uns per Telefon immer Zeichen gaben. War es ein Zeichen von Kate? Ich hatte nie an solche überirdischen Dinge geglaubt.

Über das Display des Telefons versuchte ich herauszufinden, wer gerade eben angerufen hatte. Egal wer es war, der Anruf hatte mich vor etwas bewahrt, was ich mir selber niemals zugetraut hätte. War der Anruf nur ein Zufall? Mit dieser Idee möchte ich mich nicht anfreunden, ich beschloss ganz fest zu glauben, dass es eine Nachricht von Kate war, um mir mitzuteilen, dass ich hier bleiben soll.

In dem Moment, als ich nochmals auf das Display des Telefons blickte, klingelte es wieder. Vorsichtig nahm ich ab. Es war Greg. Es war das erste Mal seit dem Mittwoch, der alles veränderte, dass ich mit ihm sprach. Ich fragte ihn, ob er zuvor schon angerufen hatte. Er verneinte. Ich erzählte ihm was in unserer Klasse passiert war. Von dem was ich immer wieder sah. Und von Kate. John und er hatten nicht mal das Geringste mitbekommen. Er war geschockt und sprach sein Mitgefühl aus. Niemals hätte ich gedacht, dass ich jemals mit meinen Freunden über eine solch schreckliche Tragödie sprechen würde. Fast immer, wenn wir uns trafen, lachten wir. Machten Witze über unsere Lehrer oder unsere Mitschüler. Nie zuvor hatten wir ein solch ernstes und tieftrauriges Gespräch. Doch ich spürte ein Verlangen, mir alles von der Seele zu reden, davon zu erzählen. Und er hörte zu. Es hat mir sehr geholfen. Es hat mir sehr viel Kraft gegeben.

Von Tom hatte er nichts gehört, ich war mir aber sicher, dass ich bis Sonntag aus dem Krankenhaus entlassen sein würde und sagte Greg, er solle doch Tom Bescheid geben, wir würden uns dann Sonntagnachmittag treffen. Es ginge in Ordnung, John würde auch kommen. Irgendwie freute mich sehr auf unser Treffen.

Der Chefarzt kam, er hatte ein Lächeln im Gesicht: »David, wie geht's? Wenn Du keine Schmerzen oder sonstige Probleme hast, können wir Dich schon heute Abend nach Hause gehen lassen. Wir haben Deinen

Eltern Bescheid gegeben.« Unglaublich, aber irgendwie hatte ich damit gerechnet.
Am Abend holten mich meine Eltern ab. Ich verabschiedete mich von den Ärzten und dem Psychologen Doktor Andersson und erhielt im Gegenzug Dutzende Karten mit Telefonnummern. Dienstagmorgen sollte ich wiederkommen, um die Fäden ziehen zu lassen, die sich in einigen meiner Wunden befanden.

Es regnete, es war kalt als wir in unseren Wagen stiegen. Ich wollte nur noch nach Hause. Es war alles anders als früher. Ich hatte das Gefühl, jemand anderes zu sein. Früher hatte ich mich als durchaus lebhaft eingestuft, aber jetzt wollte ich nicht mehr sprechen. Ich konnte nicht. Meine Eltern waren genauso verstummt. Wir fuhren durch die kalte Nacht.

Zu Hause angekommen wurde ich in die Vergangenheit zurückversetzt. Der Psychologe hatte mir gesagt, das sei normal und zu erwarten. Dennoch hätte ich niemals gedacht, es treffe mich so stark. Es war ja auch kein Wunder. Das letzte Mal als ich unser Zuhause verlassen hatte, war noch alles in Ordnung. Jetzt kehrte ich zurück, in ein neues Leben. Kate erwartete mich bereits, als ich in meinem Zimmer eintraf. Überall waren die Bilder, die ich von ihr gemacht hatte. Ich spürte Tränen in meinen Augen. Ich konnte sie nicht zurückhalten und versuchte es auch erst gar nicht. Dann legte ich mich in mein Bett und schloss mit der Welt für diesen Tag ab.

Am nächsten Morgen wurde ich von meinem Vater geweckt. Ich musste wohl sehr lange geschlafen haben, denn es war bereits gegen Mittag. Schnell essen und fertigmachen, denn am Nachmittag wollte ich mich mit meinen Freunden treffen. Es war sehr wichtig für mich.

Fast zur gleichen Zeit trafen wir uns alle in unserem Lieblingsrestaurant, dem einzigen wirklich guten Fast-Food-Imbiss weit und breit. Unsere Trauer, die wir alle vier teilten, war schwer zu verbergen. Wir umarmten uns. Das hatte es nie zuvor gegeben.

Dann rief mich meine Mutter an. Sie teilte mir mit, wann die Beerdigung von Kate und all den anderen Opfern stattfinden sollte. Wie konnte ich das nur überstehen? Wer hätte jemals damit gerechnet, dass wir in unserem Alter unsere Freunde zu Grabe tragen müssen. Wir vier beschlossen, gemeinsam zu Kates Beerdigung zu gehen und uns vorher zu treffen, damit ich mich darauf vorbereiten konnte. Ich hoffte, all das Leid und die Trauer zu überstehen. Am stärksten fürchtete ich mich davor, Kates Mutter mein Mitgefühl auszudrücken. Was hatte diese Frau jetzt noch? Wie musste sie sich fühlen? Ich war mir sicher, dass es ihr noch schlechter ging als mir. Während ich noch jung war und das Leben noch vor mir hatte, hatte sie alles verloren. Wie schlimm musste es für sie sein, an ein Weiterleben zu denken.

Wir vier saßen bis fast in die Nacht zusammen. Über alles hatten wir gesprochen. Jeder hatte das Erlebte aus seiner Sicht geschildert. Immer mehr bauten sich die Bilder in meinem Kopf auf, immer mehr wurde alles klarer. Wie ein Puzzle. Immer mehr begann ich zu verstehen, wie dies alles geschehen war. Und es machte mir Angst. Obwohl es fast vier Tage her war, schien es erst gerade eben passiert zu sein. Doch ich spürte wie wichtig es für jeden von uns war, immer wieder darüber zu sprechen.

Eines nahm uns wenigstens einen kleinen Teil der Angst. Der Täter war tot. Er starb im Kugelhagel mit der Polizei. Fast hätte er noch zwei Polizisten getötet. Unfassbar. Was für ein Mensch war das nur, der so etwas anrichtet? Wie uns später bewusst wurde, kannten Tom und ich den Täter, oder sagen wir lieber: das Monster. Auch Kate musste ihn gekannt haben, ihren eigenen Mörder. Er war immer unter uns. Unscheinbar, wie ein Phantom. Ein Junge, von dem niemand bemerkt hatte, dass etwas nicht stimmte. Kann das sein? Konnte es sein, dass nicht einmal die eigene Mutter bemerkt, wenn ihr Kind einen psychischen Schaden hat? Angeblich war er süchtig nach Killerspielen gewesen und hatte Zugang zu den Waffen des Vaters. Lohnte es sich überhaupt, einen weiteren Gedanken an solch einen Menschen zu verschwenden? Ich bemerkte sofort, dass diese Gedanken meinen Zustand verschlechterten und ich versuchte, nicht mehr darüber nachzudenken. Ich bat die anderen, nicht mehr über dieses Monster und seine Familie, über alles was diesen Killer betraf, zu sprechen. So jemand, wenn man ihn überhaupt als jemand bezeichnen kann, war es einfach nicht wert.

Am nächsten Tag war Kates Beerdigung. Ich hatte Angst vor diesem Tag, aber den anderen ging es auch nicht anders. Wir mussten versuchen diesen Tag zu überstehen, irgendwie. Meine Mutter besuchte Kates Mutter jeden Tag und stand ihr bei. Wir redeten aber nicht darüber. Ich konnte nicht darüber reden.

Als ich am Morgen aufwachte, spürte ich eine Gänsehaut. Am liebsten wäre ich ins Bett zurück gegangen. Aber ich musste stark sein. Kate zuliebe. Ich hatte das Gefühl, dass sie bei mir war. Sie gab mir Kraft. Irgendwie hatte ich den Eindruck, sie sagte mir, dass ich weitermachen soll. Weitermachen. Das war nun das Einzige, was zählte.

In meinem Schrank fand ich nichts, was wirklich passend gewesen wäre für Kate, für ihre Beerdigung. Was nützte es auch, eigentlich war es egal. Das Wichtigste war nur, dass ich dort war. Bei ihr. Das Wetter passte zur Stimmung. Es regnete. Oder besser gesagt: Es Schüttete. Lange musste es her sein, seitdem ich einen derart starken Regen erlebt hatte. Man konnte eher von einem Wolkenbruch sprechen. Symbolisch entsprach das Wetter aber dem, was wir alle fühlten. Es war, als würde der Himmel weinen.

Meine Eltern gingen direkt zur Kapelle, ich traf mich an unserem vereinbarten Treffpunkt mit Greg, John und Tom. Nie zuvor hatten wir uns in Trauerkleidung gesehen. Aber ich ignorierte all diese Eindrücke und wollte es so schnell wie möglich hinter mich bringen. Wann war es das letzte Mal gewesen, als ich auf einer Beerdigung war? Ich konnte mich an keine erinnern.

Den Tod meiner Urgroßeltern habe ich nicht mitbekommen. Damals war ich noch zu jung. Nie habe ich mir Gedanken über den Tod gemacht. Vielleicht gerade deshalb war es so furchtbar, plötzlich damit konfrontiert zu werden. Oder ist es bei älteren Menschen genauso? Der Tod ist etwas, an das niemand gerne denkt. Und dennoch kann es so schnell gehen, es passiert etwas, mit dem niemand, nicht mal in den schrecklichsten Alpträumen, gerechnet hätte.
Der Moment, vor dem ich mich so sehr gefürchtet hatte, war jetzt gekommen. Kates Mutter stand an Kates Grab. Ganz in Schwarz. Ihr Gesicht war beinahe verhüllt. Mein Vater war an meiner Seite. Ich nahm all

meinen Mut zusammen und ging zu ihr. Meine Mutter hielt sie fest. Kates Mutter weinte so sehr, dass sie von ihr gestützt werden musste. Als sie mich sah, umarmte sie mich. Die Tränen liefen mir über das Gesicht. Ich sagte ihr, wie sehr ich Kate geliebt hatte.

Sie antwortete schluchzend: »David, danke. Danke für alles. Du hast meine Tochter so glücklich gemacht. Sie liebte Dich so sehr. Geh, David, geh, und fliege um die Welt. Kate zuliebe. Sie würde es wollen. Tu es. Egal was die Leute sagen. Zweifle niemals an Dir. Tu es. Sie hätte es gewollt.«

Ich konnte nicht mehr sprechen. Wie fremdgesteuert legte ich eine rote Rose auf Kates Sarg. Ganz behutsam legte ich einen Anhänger, in der Form eines Herzens, mit den Bildern von uns beiden, daneben. Genau den gleichen Anhänger mit genau dem gleichen Bild hielt ich fest in meiner Hand. So war ich bei ihr und sie bei mir. Es war das letzte Geschenk, das ich ihr geben konnte.

Spät am Abend kamen meine Freunde zu mir nach Hause. Wir sprachen nicht mehr über die Beerdigung.

Jeder musste nun seinen eigenen Weg finden, mit dem Geschehenen umzugehen. Aber wir waren füreinander da.
Ich erzählte nichts von den Worten, die mir Kates Mutte mitr auf den Weg gegeben hatte. Aber ich erzählte meinen Freunden von dem Plan, den Kate und ich geschmiedet hatten. Mit jedem Satz über diesen Plan kam ein kleines Stückchen Lebenskraft zurück. Meine Freunde waren überzeugt davon, dass ich es schaffen konnte. Auch wenn Kate nun nicht mehr da war. Sie würde dabei sein, das wusste ich in meinem Herzen. Das spürte ich in meinem tiefsten Inneren.

Meine Eltern waren allerdings der Meinung, dass ich mit der Reise um die Welt noch eine Zeit lang warten sollte. Bis ich Einiges an Erfahrung und zum Amoklauf etwas Abstand gewonnen hätte. Aber ich hatte das Gefühl, dass es dann zu spät sein würde. Ich wollte fliegen, so bald als möglich, am besten sofort.

Die Wochen vergingen. Von Tag zu Tag wuchs in mir die Kraft: Ich wollte raus. Ich wollte die Welt sehen. Fast jede Sekunde dachte ich an Kate. Irgendwie hatte ich das Gefühl, dass sie mir die Kraft gab. Aber warum nur musste sie sterben? Warum mussten die anderen sterben? Immer wieder stellte ich mir die Frage, wie all dies geschehen konnte. Und die Frage nach dem *Warum*. Es würde nie eine Erklärung geben, für das was geschah. Das viele *Warum*? Es zermürbte mich immer wieder. Das Blumen- und Lichtermeer vor der Schule würde verblassen und irgendwann für immer unerhört bleiben. Niemand würde jemals eine Antwort erfahren. *Warum*? Niemals würde jemand auf dieser Erde diese Frage beantworten können.

Sollte ich mir weiter den Kopf zermartern? Das Monster oder besser der Killer, der all dieses Leid angerichtet hatte, hatte es nicht verdient, dass nur ein einziger Gedanke an ihn verschwendet wurde. Es kann keinen vernünftigen Grund geben, unbeteiligte Menschen zu töten. Menschen aus dem Leben zu reißen, die das ganze Leben noch vor sich haben. Träume zu zerstören. Leben zu zerstören. Familien zu zerstören.
Es war für mich an der Zeit nach vorne zu blicken, aber die Opfer dieser Tat zugleich niemals zu vergessen. Welches Vermächtnis blieb? Jede einzelne Sekunde, die man im Leben verbringen darf, ist ein Ver-

mächtnis. Für mich zählte die Zeit, die ich mit Kate verbringen durfte. Es bleibt die Erinnerung an jeden Einzelnen in diesem Leben, der sich seit seiner Geburt auf eine Reise begeben hat. Das Ziel ist immer unbekannt. Uns bleibt lediglich der Schmerz, aber es lebt die Erinnerung, es leben die Gefühle. Es ist die Aufgabe von allen, die die Chance haben auf dieser Erde bleiben zu dürfen, die Erinnerungen zu behalten und diese niemals verblassen zu lassen.

Kate. Jeder einzelne Sonnenuntergang erinnerte mich an sie. Was wir gemeinsam erlebt hatten. Über was wir geredet hatten. Sie war immer noch da, jeden Tag. Kate glaubte an Engel, aber wo waren sie am Tag des Amoklaufs? Vielleicht war sie jetzt selbst ein Engel? Am nächsten war ich ihr, so fühlte ich es, wenn ich flog. Nach dem Amoklauf bin ich sehr oft geflogen. Nie zuvor war ich so viel in der Luft unterwegs. Und immer wieder hatte ich das Gefühl, dass es mir die Kraft gab, um weiterzuleben. Um weiterzumachen. Jedes Mal, wenn ich in die Maschine kletterte hatte ich das Gefühl, zu Kate zu fliegen. Ich war wieder so oft bei ihr, wie ich bei ihr war, als sie noch lebte. Gemeinsam schauten wir hinunter auf diese Welt, auf die großen Weiten und auf die wenigen kleinen Häuser, die auf der Erde stehen.

Irgendwann fragte ich nicht mehr nach dem *Warum*. Ich hatte es so akzeptiert wie es war und spürte, dass eine Ruhe in mir einzukehren schien. Doch meine große Aufgabe, mein großes Ziel hatte ich nicht vergessen. Immer länger wurden die Soloflüge. Fast ein Monat war schon vergangen, seitdem ich die Prüfung bestanden hatte. Und ich war seitdem jeden Tag in der Luft gewesen. Einmal schaffte ich noch gerade rechtzeitig vor der Nacht die Rückkehr. Um meine Eltern nicht unnötig zu beunruhigen hatte ich den Tower gebeten, ihnen Bescheid zu geben, wann ich zurückkommen würde. Auf dem Flug hatte ich mich in ein Gespräch vertieft. Nein, es war wirklich so. Ich hatte mit Kate gesprochen, während ich dem Sonnenuntergang entgegenflog. Es wäre so weitergegangen, aber irgendwann wurde mir bewusst, dass ich zurückkehren musste. Beinahe wäre ich in die Nacht geraten, aber ich wollte es selbst so. Schon jetzt wollte ich erfahren, wie es sich anfühlt, in der Nacht zu fliegen. Auf meinem großen Abenteuer würden auf jeden Fall Nachtflüge auf mich zukommen und ich wollte mich langsam daran gewöhnen. Es war ein merkwürdiges Gefühl, aber solange man es schafft, mehrere Stunden lang in der völligen Dunkelheit die beginnende Müdigkeit zu überwinden, sollte es kein Problem sein. Natürlich erzählte ich meinen Eltern nach der Landung nichts davon. Stattdessen klärte ich sie auf, dass ich auch nach Sonnenuntergang noch dreißig Minuten Zeit hätte, um legal zum Flugplatz zurückzukehren. Gesetz ist Gesetz.

Meine Eltern hatten die Hoffnung, dass ich meine Pläne, die Welt mit dem Flugzeug zu erkunden, verwerfen würde. Nichtsdestotrotz unterstützten sie mich so gut sie konnten. Seit über einem Monat war ich nun schon Pilot. Der Traum, den ich als kleines Kind hatte, hatte sich nun, nach all dem Schrecklichen was geschehen war, endgültig erfüllt.

Nie hatte ich an mir gezweifelt. Nie hatte ich aufgegeben. Ich erinnerte mich an einen Satz meines Fluglehrers: »David, egal was jemals passiert, lass niemals los. Du musst kämpfen, bis zum Schluss. Egal ob die Situation ausweglos ist. Glaube an Dich und Du kannst alles schaffen.« Ich hatte das Gefühl, dieser Satz gilt nicht nur fürs Fliegen. Dieser Satz gilt für das gesamte Leben. Trotz all dem gehört doch einiges mehr dazu. Meiner Meinung nach braucht man eine Kraft. Etwas Unerklärliches, das einem in scheinbar ausweglosen Situationen hilft, diese zu meistern. Dieser Kraft war ich etwas schuldig. Vielleicht war diese Kraft Kate. Vielleicht ihre Engel. Als ich eines Morgens ihr Grab besuchte, versprach ich Kate unseren Traum in die Realität umzusetzen. Und ich war mir ganz sicher, mein Versprechen möglichst bald einzulösen.

Es war ruhig in letzter Zeit. Ich hatte mich zurückgezogen und traf mich nur noch selten mit meinen Freunden. Mittlerweile gingen sie in eine Übergangsschule. Dort gab es viele Angebote, von der psychologischen Betreuung bis hin zu sportlichen Aktivitäten. Richtig Schule konnte man das aber nicht nennen. Unsere wirkliche Schule gab es nicht mehr. Sie wurde an diesem schrecklichen Tag, bei dieser Katastrophe, die nicht länger als fünfzehn Minuten dauerte, zerstört. Nein, ich spreche nicht von dem Gebäude. Ich meine den Zusammenhalt, das Schulklima, unsere Gefühle, unsere Träume. Es war das, was unsere Schule ausgemacht hat.

Ich war nie wieder dort gewesen und wollte sie so in Erinnerung behalten, wie ich sie in guten Zeiten erlebt hatte. Sonst, so glaubte ich, könnte ich nicht mehr aufhören, ständig an das Geschehene zu denken. Hin und wieder hatte ich auch noch Kontakt zu den Psychologen von der Opferhilfe. Ich empfand es allerdings als eine Last. Sie konnten mir nicht wirklich helfen. Ich hatte nichts gegen diese Menschen. Aber immer wieder wurde ich von dem Gefühl übermannt, alles sei nur Fassade. Niemand konnte das Geschehene rückgängig machen, auch kein Psychologe. Irgendwie musste ich selbst einen Weg finden, damit klarzukommen. Aber brauchte ich wirklich einen Psychologen dazu? Oder wollte ich mir etwa nicht helfen lassen? Nein, das glaubte ich nicht. Ganz am Anfang war ich erleichtert, dass Doktor Andersson mir zuhörte. Doch nach kurzer Zeit war mir klar: Der Mann konnte mir nicht helfen und würde es auch nie können. Seine Fragen kamen mir wie auswendig gelernt vor. Er fragte mich damals, ob ich jemals ein Haustier verloren hätte. Im Regelfall stirbt ein Haustier an einer Krankheit oder aufgrund seines Alters.

Kann man das mit dem Tod von Menschen, die vor den eigenen Augen erschossen wurden, vergleichen? Ziemlich schnell zog ich mich von Doktor Andersson zurück. Ich wollte meine Energie nicht für unsinnige Beratungsgespräche verschwenden. Stattdessen konnte ich mir bei meinen Freunden, aber auch bei meinen Eltern, stundenlang alles von der Seele reden. Das war es, was mir wirklich half. Kein Psychologe, kein Seelsorger und kein Arzt würden diese Gespräche jemals ersetzen können.

Und ich hatte jetzt ein Ziel, das einzige, auf das ich mich nun konzentrierte. Unseren Flug um die Welt. Kate würde immer bei mir sein und sie würde mich nie verlassen. Daran bestand für mich kein Zweifel mehr.

Drei Monate waren nun seit dem Tag vergangen, der alles veränderte. Es war seitdem viel passiert. Inzwischen sah ich mir sogar wieder die Nachrichten im Fernsehen an, las Zeitung und war im Internet unterwegs. Jeden Tag war ich seit der Beerdigung auf dem Friedhof bei Kate, einmal morgens, einmal abends. Es wurde zu meinem täglichen Ritual, das unbedingt eingehalten werden musste. Dabei ging es nicht unbedingt darum, Kate nahe zu sein. Wir waren uns sehr nahe, wenn ich flog. Nein, es ging darum, etwas aufrecht zu erhalten. Niemals sollte diese Tat vergessen werden. Ich besuchte auch die anderen Opfer, um sie zu würdigen. Jeder Einzelne ist wichtig. Deshalb war ich dort. Jeden Tag.

Kaum zu glauben, aber seitdem es bei uns passiert war, passiert es immer wieder. In der ganzen Welt. Alle paar Wochen. Was sind das nur für Menschen? Ist man überhaupt irgendwo vor ihnen sicher? Ich denke nicht. Es bleibt nur die Hoffnung. Die Hoffnung, dass ich es nicht mehr erleben muss. Nie mehr. Es erging meinen Freunden genauso. Am besten ist es, man denkt nicht daran. Man lebt einfach weiter. Der Rest liegt nicht in unserer Hand.

Immer wieder frage ich mich, ob nicht etwa die Medien einen Anteil daran haben, dass es so viele weitere Taten gibt. Ich kenne die Antwort nicht. Aber andererseits ist es gut, dass darüber berichtet wird. Niemand würde es sonst glauben wollen und erfahren, welches Leid angerichtet wird. Das Sinnlose wäre dann noch sinnloser.

Wie musste es nur im Krieg sein? Wie können diese Menschen überhaupt überleben? Immer wieder las ich über Kriege, weit entfernt von uns. Meistens in den Nachrichten, aber auch in Büchern. Warum gab und gibt es nur dieses Leid? Ich kann mit diesen Menschen fühlen. Zugleich habe ich ein schlechtes Gewissen, ich kann nicht verstehen, warum ich in einer halbwegs friedlichen Welt leben darf, alles bekommen kann was ich mir wünsche, während die meisten Menschen auf diesem Planeten dieses Privileg wohl nie haben werden.

Kate sprach immer wieder von der Ungerechtigkeit auf diesem Planeten. Einer Ungerechtigkeit, die von dem geringsten Teil der Bevölkerung auf diesem blauen Wunder, irgendwo in den Weiten des Weltalls, ausgeht. Sie sprach davon, dass, sollte es keine Änderung geben, wir irgendwann alle bezahlen müssten. Wir leben auf Kosten anderer, ärmerer Menschen und Völker auf dieser Erde. Wir beanspruchen scheinbar alle Rechte. Das kann nicht gutgehen. Und auch mir wurde das klar. Kate hatte Recht. Immer hörte ich ihr aufmerksam zu, wenn sie mir wieder einen Vortrag über die Missstände in dieser Welt hielt. Nicht an alle, aber an viele kann ich mich immer noch erinnern. Ich erinnere mich an ihre traumhaft schöne Stimme. Und an das was sie mir erzählte. In jedem Detail.

Eine ihrer Geschichten blieb mir in besonderer Erinnerung. Sie erzählte mir von einem afrikanischen Land. Tausende Meilen entfernt. Viele wissen womöglich nicht, dass dieses Land überhaupt existiert. Jedenfalls erzählte sie mir von der besten Baumwolle, die am nachhaltigsten von den Menschen dort, in mühsamer, kräftezehrender Arbeit hergestellt wird. Die Menschen haben kaum zu essen. Es gibt kein fließendes Wasser. Die Baumwolle auf dem Weltmarkt zu verkaufen, wäre ein Segen für diese Menschen. Endlich würden sie die Chance haben, Brunnen zu bauen und besseres Saatgut für ihre Felder zu bekommen. Aber das werden sie wohl niemals schaffen. Schließlich werden gigantische Mengen an umweltschädlicher, von Maschinen bearbeiteter amerikanischer Baumwolle hergestellt und auf dem Weltmarkt zu billigen Preisen verkauft. Kleine Länder haben nicht die geringste Chance. Unser Wohlstand gründet sich auf dem Elend anderer. Nur weil wir auf nichts verzichten möchten, sterben andere auf dieser Welt am Hungertod. Ich muss gestehen, anfangs habe ich nicht viel über Kates Erzählungen nachgedacht. Das tat ich nun. Intensiver als jemals zuvor. Ich begann die Welt neu kennen zu lernen.

Es war eines Morgens. Meine Eltern und ich saßen am Frühstückstisch. Mein Vater las Zeitung. Ich musste sie wohl ziemlich überrascht haben, als ich sagte: »Ich muss euch etwas sagen.« Ich erzählte ihnen, dass ich endlich wegwollte und wie ich mich vorbereitete. Was ich über die Welt gelernt hatte und noch lernen wollte. Wie sehr mein Verlangen war, all diese Länder, diese Orte zu besuchen, von denen mir Kate erzählt hatte. Ich wollte die Menschen kennenlernen. Ich wollte erfahren, wie sie leben. Jeden einzelnen Tag. Ich merkte wie meine Eltern versuchten, die richtigen Worte zu finden.

Mein Vater antwortete: »David, ich weiß nicht was ich sagen soll. Aber ich möchte, dass Du weißt, dass wir hinter Dir stehen. In allem was Du machen möchtest. Ich bin stolz auf Dich, mein Sohn.« Meine Mutter stand auf und umarmte mich. Es war wunderschön. Ich glaube, ich werde das nie vergessen. Sie machten sich große Sorgen. Ich war ihr einziges Kind. Wie schwer musste es sein, wenn man das eigene Kind beinahe verloren hatte. Wie schwer war es nun für sie, einfach loszulassen und mich auf die Reise zu schicken. Ich versuchte es zu verstehen. Wie musste es nur sein, wenn man sein Kind verloren hatte? So wie Kates Mutter.

Jetzt stand für mich die Vorbereitung des Fluges an. Das war das Einzige, was zählte. Und alle halfen. Wir bauten im Verlauf der Wochen eine richtige kleine Organisation auf. Meine Mutter nahm mit den Botschaften Kontakt auf. Mein Vater kümmerte sich um das Finanzielle. Und auch von meiner Flugschule erhielt ich die volle Unterstützung. Es war ein gutes Gefühl, ich wusste, dass ich vor allem auf meine Eltern immer zählen konnte. Schließlich war es mein gesamtes bisheriges Leben nicht anders gewesen. Dennoch spürte ich, dass sie Angst hatten.

Der Flug - es kam eine Zeit in der ich an nichts anderes mehr denken konnte. Ich holte mir Informationen ein über die verschiedensten Sicherheitsaspekte. Mal waren es die Wetterbedingungen in Grönland, ein anderes Mal die Regeln für den Überflug von Russland. Fast alles war im Internet zu finden, doch eine wirkliche Sicherheit schien es nicht zu geben.

Jim war ein sehr erfahrener Pilot. Anfang fünfzig, stets in einer Pilotenjacke gekleidet und er trug immer eine Sonnenbrille auf dem Kopf, Er hatte mehrere tausend Stunden Flugerfahrung gesammelt. Schon mehrfach hatte er mit einem kleinen Flugzeug eine Atlantiküberquerung gemacht. Er flog vor allem neue, blank polierte Flugzeuge, die im warmen Florida gebaut wurden, zu ihren Kunden im fernen Europa, viele davon nach Deutschland. Ich kannte ihn schon länger. Viele Piloten lernte ich auf den verschiedensten Flugplätzen kennen, die ich während der Ausbildung mit meinem Fluglehrer anflog. So auch ihn.

Ich versuchte mit Jim Kontakt aufzunehmen, doch er befand sich auf einem Überführungsflug nach Europa, wie die anderen Piloten mir mitteilten. Ich erzählte ihnen von meinem Vorhaben. Ich solle bloß vorsichtig sein, meinten sie. Aber Jim sei der richtige Ansprechpartner. Mit ihm wollte ich vorher nochmal alles besprechen, er kannte die nötigen Tipps und Tricks, die eine solche Reise erforderte. In den nächsten Tagen sollte er zurück sein. Ich war gespannt.

Ein paar Tage später war er wieder da. Ich freute mich als ich ihn sah. Die anderen Piloten hatten ihm bereits von meinem Vorhaben erzählt. Er war mit einer kleinen einmotorigen Maschine von Kansas nach England geflogen. Alles war gutgegangen – wie immer. Es musste. Mitten über dem Atlantik musste es nahezu aussichtslos sein, wenn es Probleme gab. Die Chance auf eine Rettung aus eisigem Wasser bei einer Notwasserung war sehr gering.

Jim sagte mir, daran dürfe man nicht denken. Der zusätzliche Treibstofftank im Cockpit, der während einer Überführung installiert ist, macht es nahezu unmöglich, bei einer Notwasserung rechtzeitig aus dem Cockpit zu gelangen. Ein schreckliches Gefühl, der beste Weg sei, es einfach zu ignorieren. Jim legte mir ans Herz: »Weißt Du, David, das Beste ist dem Flugzeug einfach zu vertrauen. Entweder es mag Dich, oder es mag Dich nicht.« Eigentlich vertraute ich meinem Flugzeug immer, doch mir wurde bewusst, dass meine Pläne viel mehr erforderten.

Es wäre wohl die Einsamkeit, die die größte Belastung darstellen würde. Nichts ist schlimmer, als die Einsamkeit. Allein über dem Ozean. Aber laut Jim, sei man nie allein. Er spreche immer mit anderen Piloten über Funk, die gerade große Passagiermaschinen über den Atlantik flogen. Nach New York, Boston oder Miami. Mit hunderten Passagieren an Bord. Niemals sei es einsam. Immer gebe es Unterhaltung. Ich glaubte es. Bald würde ich erfahren, wie es wirklich war.

Wir sprachen darüber, welche Erfahrungen er gemacht hatte, wie verlässlich einmotorige Flugzeuge wirklich sind. Denn es war mir bewusst, ich hätte nicht die Zeit und das Geld, die Berechtigung für ein zweimotoriges Flugzeug zu erlangen. Nicht jetzt. Ich wollte einfach weg von meiner Heimat. Hinaus in die weite Welt. So schnell als möglich.

Jim erzählt mir von seinen Erlebnissen, immer mit der richtigen Portion Spannung. Es machte wirklich Spaß ihm zuzuhören. Bald hatten sich auch die anderen Piloten zu uns gesellt. »Ob ihr es glaubt oder nicht, in meinem Fliegerleben hatte ich in fünfunddreißig Jahren vier Triebwerksausfälle und etliche Brände. Ihr wisst ja, das ganze Programm. Aber immer in den Zweimots. Noch niemals, kein einziges Mal hatte ich ein Problem mit einer Einmot. Für mich sind es die besten Maschinen, die es gibt.«

Es beruhigte mich irgendwie. Einmal erzählte er mir allerdings von einem Kollegen, der immer die Einmots nach Europa flog. Dutzende Male sei er geflogen. Irgendwann hatte er ihn nie mehr gesehen. Wahrscheinlich sei er im Winter irgendwo vor der Küste Neufundlands abgestürzt. Jim bekräftigte, dass es der Einzige gewesen war, den er kannte, dem etwas passiert sei. Man könne immer nur auf das Glück hoffen. An das andere dürfe man einfach nicht denken.

Ich würde versuchen, mich an seinen Rat zu halten. Immer hatte ich Glück gehabt. Ich konnte nur das Beste hoffen. Und vertrauen, auf meinen Schutzengel, der die Flügel ausbreiten würde und unter dessen Schwingen ich den blauen Planeten, unsere Heimat, umfliegen könnte. Mit dem Wissen, nichts könnte geschehen, nichts könnte mich aufhalten, nie würde ich allein sein. Daran zu denken gab mir Kraft. Diese Kraft, so war ich mir im tiefsten Inneren sicher, würde ich brauchen.

Die Atlantiküberquerung. Sie war das einzige, das mir wirklich Sorgen bereitete. Unbedingt wollte ich die Strecken über dem freien Wasser so kurz als möglich wählen. Doch das würde sich als nicht einfach erweisen. Vielleicht wäre die Einsamkeit gut für mich, obwohl Jim davon sprach, dass es da oben keine Einsamkeit gibt. Ich würde Zeit haben, nochmals über alles nachzudenken. Und ich hätte Zeit mit Kate zu sprechen. Endlich hätte ich Zeit. Ich spürte, dass ich sie brauchte. Niemals sonst hatte ich so viel Zeit für mich, wie beim Fliegen. Das Fliegen war für mich eine Befreiung. Eine Befreiung von allem, was mir am Boden Sorgen bereitete. Ein unbeschreibliches Gefühl.

Seit Tagen versuchte ich krampfhaft, die für mich beste Strecke über den Atlantik zu finden. Noch wollte ich mich nicht auf die gesamte Strecke festlegen, die mich irgendwann wieder nach Montana zurückbringen würde. Es war schlicht unmöglich, schon im voraus Wetterbedingungen mit einzukalkulieren. Vielmehr wollte ich mich nach jedem einzelnen Streckenabschnitt entscheiden, wie es weiterginge. Ich wollte mir zu jedem Zeitpunkt die Möglichkeit offenlassen umzukehren. Der Weg ist das Ziel. Mein Ziel war es, zu fliegen und es auf mich zukommen zu lassen, wie weit ich es schaffen würde. Auf jeden Fall wollte ich kein Risiko eingehen. Niemals. Das war es nicht wert.

In den letzten Tagen hatten meine Eltern viel mit den anderen Piloten gesprochen. Dies erfuhr ich von meinem ehemaligen Fluglehrer, mit dem ich meine erste Landung absolviert und viele Erlebnisse hatte.

Immer wieder traf ich mich mit den anderen Piloten. Der Tag kam immer näher, an dem ich meinen Flug starten würde. Meine Vorbereitungen liefen auf Hochtouren. Aber das Wichtigste hatte ich noch nicht: ein Flugzeug.

Eines war sicher, die Maschine mit der ich meine Ausbildung gemacht hatte und mit der ich immer flog, würde nicht zur Verfügung stehen. Außerdem wären hohe Kosten auf mich und meine Eltern zugekommen. Wir hätten sie wohl kaum selbst bezahlen können. Zudem würden ohnehin Überfluggebühren, Landegebühren, Abstellgebühren und vieles mehr in den einzelnen Ländern auf mich zukommen. Mir war bewusst, dass der Flug um die Welt nicht nur meinen Traum erfüllen würde. Aus Sicht der Kosten würde er unter Umständen auch ein Alptraum werden. Meine Eltern hatten mir zugesichert, alles zu tun und zu geben, was in ihrer Macht stand. Eigentlich wollte ich es nicht. Aber sie ließen sich nicht davon abhalten. Nachträglich war ich ihnen dankbar. Wenigstens über dieses Problem würde ich mir keine großen Gedanken machen müssen. Nun versuchte ich ein Flugzeug zu finden. Ich sprach mit den verschiedensten Leuten, die ich während meiner Ausbildung kennengelernt hatte. Es gab Angebote für kleine, einfache Cessnas, die relativ günstig gewesen aber einfach zu langsam gewesen wären. Außerdem hatte ich noch nie eine Cessna geflogen. Es gab zwar keinen großen Unterschied zwischen den Flugzeugen unterschiedlicher Hersteller, dennoch wollte ich auf dieser Reise auf Nummer sicher gehen. Man bot mir auch Mooneys an, einmotorige Hochleistungsflugzeuge, doch die waren bei weitem zu teuer.

Zufällig kam ich eines Tages in das Büro der Flugschule, als die Sekretärin ein Angebot an die Pinnwand im Büro hängte. Ich konnte es nicht fassen, als ich den kleinen, handgeschriebenen Zettel sah:

PIPER PA-28-150
ZU VERMIETEN ODER ZU VERKAUFEN
NUR AN LIEBHABER
BAUJAHR 1969
Preis nach Vereinbarung

Brandon S.

Mein Fluglehrer sprach mich gleich auf dieses Angebot an. Er kannte Brandon und wollte ihm gleich Bescheid geben, dass ich großes Interesse hatte und mich mit ihm treffen wollte.

Noch am Abend rief mich Brandon an. Wir verabredeten uns für den nächsten Morgen und beschlossen dann alles Weitere zu besprechen. Meine Eltern wollten mich begleiten.
Als wir ins Büro meiner Flugschule kamen, war er bereits da. Er, fast fünfundsechzig, liebte das Fliegen

so sehr wie ich es tat. Seine Frau war vor einigen Jahren bei einem Autounfall ums Leben gekommen. Kinder hatten sie keine. Seitdem war er so oft geflogen, wie nie zuvor in seinem Leben. Die meiste Zeit war er im Ausland. Ich sprach ihn darauf an, warum er sie so günstig verkaufen wollte. Sie sei doch bestimmt einige zehn Tausend wert. Er antwortete: »Weißt Du, sie ist wie ein Kind für mich, aber ich muss mich von ihr trennen. So viele Jahre habe ich sie geflogen, aber jetzt habe ich einfach keine Zeit mehr, sie so zu behandeln, wie es für sie angemessen wäre. Ich kann mich einfach nicht mehr richtig um sie kümmern. Deshalb suche ich nach jemandem, der sie liebevoll behandelt und der so denkt wie ich. Ich gebe sie nicht an jeden ab.«

Meine Eltern wollten mit Brandon unter vier Augen sprechen. Mir war das nicht recht. Aber ich verließ mich auf sie. Dann kamen sie zurück und wir gingen hinaus in Richtung Rollfeld. Ich war aufgeregt, als wir gemeinsam auf das Vorfeld traten, noch nie zuvor hatte ich sie gesehen. Sie war wunderschön. Ihre Flügel glänzten in der Sonne. Die Nieten, die den Rumpf in seiner Form hielten, wirkten majestätisch. Ich wurde sehr stolz, als ich vor ihr stand. Und dabei war sie doch eigentlich für jeden Außenstehenden nur ein kleiner Haufen Metall. Für mich jedoch war sie eine wahre Schönheit. Eine edle Dame, die ausgeführt und gut behandelt werden wollte. Ich hatte Tränen in den Augen.

Brandon beobachtete mich genau. Und plötzlich meinte er: »Junger Mann, ich denke, meine alte Dame gehört jetzt dir für deine Reise. Du brauchst mir nichts dafür zu bezahlen.« Ich rang um Worte. Wie sollte ich das nur wieder gut machen? Was hatten meine Eltern mit ihm vereinbart? Er drückte mir die Schlüssel in die Hand. Ich solle sie gut behandeln hat er mir noch gesagt und in spätestens sechs Monaten sollte ich sie wieder zurückbringen. Dann würde er entscheiden, was mit ihr passieren würde. Ich versprach ihm, dass ich alles tun wollte, seine Bedingung einzuhalten.

Doch vor meinem großen Flug wollte ich noch einige Male mit ihr in meiner Heimat fliegen, um sie näher kennen zu lernen. Zwar hatte ich bereits auf demselben Flugzeugtyp, der Piper achtundzwanzig, meine Flugausbildung gemacht. Doch jedes Flugzeug hat doch ein individuelles Verhalten. Bevor ich mit ihr um die Welt fliegen würde, wollte ich sie in- und auswendig kennen. Nun wollte ich erst einmal einen Probeflug durchführen. Als ich das erste Mal in ihr kleines Cockpit kletterte, fiel mir sofort auf, dass sich seitdem sie neunzehnhundertneunundsechzig gebaut wurde, nicht viel verändert hatte. Es waren weder ein modernes Satelliten-Navigationssystem, noch ein modernes Funkgerät eingebaut. Einen Autopiloten brauchte ich erst gar nicht zu suchen.

So wurde mir klar, dass ich während meines Fluges auf den Kompass und mein Auge angewiesen sein würde. Das einzige Positive daran war, dass diese Instrumente nicht einfach ausfallen würden. Ein Lichtblick, wenigstens ein paar wenige Dinge zu haben, auf die man zählen könnte. Die Zeit, die ich auf dem Anzeigegerät für die Betriebsstunden sah, ließ mich ins Schwärmen kommen. Das Flugzeug war fast dreimal so alt wie ich, aber gerade einmal nur tausend Stunden in der Luft gewesen. Die Maschine, mit der ich meine ersten Landungen absolvierte, hatte mehr als zwölftausend Flugstunden und war zwanzig Jahre alt. Ich startete das Triebwerk. Sofort sprang der Zündfunken über, der

Propeller begann sich zu drehen mit einem Geräusch, das voller Kraft strotzte. Eine Melodie für Piloten.

Brandon sah mir zu. Er stand neben der Maschine, in seiner Fliegerjacke aus Leder, die Sonnenbrille auf. Freundlich winkte er mir zu. Stolz grüßte ich zurück, während ich das Flugzeug aus der Parkposition manövrierte. Sie fühlte sich an, als wäre sie erst eine Woche alt. Brandon musste sie über die Jahre hinweg sehr fürsorglich behandelt haben. Dann startete ich mit ihr. Ich flog einige Steilkurven und übte den Langsamflug. Fast alles ließ sie mit sich machen und kehrte behutsam in eine normale Fluglage zurück. Ganz von alleine. Nur durch die Gesetze der Aerodynamik. Ohne mein Zutun. Das gab mir ein Gefühl von Sicherheit, ich würde es brauchen. Ich war begeistert und hatte ich mich in dieses Flugzeug verliebt.

Als ich zurückkehrte und nach der Landung die Maschine mit den Seilen am Boden festmachte, um zu verhindern, dass ein Sturm Schaden anrichten könnte, war Brandon fort. Nur meine Eltern standen noch da und winkten mir zu. Ganz allein begutachtete ich nun die Maschine, mit der ich in den nächsten Monaten sehr viel Zeit verbringen würde. Obwohl ich ganz mechanisch das Rufzeichen im Funkverkehr verwendet hatte, schaute ich mir jetzt erst die roten Buchstaben und Ziffern auf dem Heck an. Konnte das wahr sein? Das Rufzeichen bestand, abgesehen von dem N, dem Eintragungszeichen für Flugzeuge in Nordamerika, aus einer Zahl, die mich mehr als berührte. Es war das Geburtsjahr von Kate. Und als wäre das nicht genug gewesen, endete die vierstellige Ziffer mit dem Buchstaben K. Im Funk ein einfaches Kilo, aus dem Luftfahrtalphabet. Doch nun hatte es eine tiefere Bedeutung. Es stand für Kate. Ich hatte keinen Zweifel daran, wollte aber niemandem davon erzählen. Sonst würde man mich wahrscheinlich noch für verrückt erklären. Aber es war wirklich verrückt. Oder war es reine Einbildung? Eine Ironie meines Unterbewusstseins?

Ich schaute noch einmal hin, versuchte mich zu konzentrieren. Doch es veränderte sich nichts. Es war tatsächlich so. Und ich erinnerte mich, dass ich das Rufzeichen im Funk tatsächlich genau so verwendet hatte, ohne darüber nachzudenken. Auf dieser Welt gibt es Wunder, die niemand erklären kann. Und vielleicht ist es auch besser so. Oder gibt es Zufälle? Ich erinnerte mich daran, dass Kate und ich über Zufälle sprachen. Für uns gab es keine Zufälle. Aber auch das würde ich für mich behalten.

Die Vorbereitungen waren endlich abgeschlossen. Aber ich wartete immer noch auf das richtige Wetter für die Strecke über den Nordatlantik. Nicht nur auf der Strecke wollte und wollte mir das Wetter keinen Gefallen tun. Auch bei uns zu Hause regnete es tagelang. Sah es Richtung Grönland wieder besser aus, so begann es bei uns wieder zu regnen. Ich war mir jedoch sicher, dass es nicht mehr lange dauern würde. Ich hatte so ein Gefühl, dass dieser Tag kurz bevor stand.

Immer wieder telefonierte ich mit einigen Piloten aus meiner Flugschule. Immer wieder traf ich mich mit meinen Freunden. Es half mir die Aufregung, die ich mir selbst nicht eingestehen wollte, zu unterdrücken. Es war wie ein zweischneidiges Schwert. Einerseits wollte ich unbedingt weg. Weg von hier. Weg von all dem, was geschehen war. Hinaus in die weite Welt. Doch andererseits hatte ich Angst. Angst vor dem, was mir bevorstehen würde. Vielleicht würde ich nie mehr nach Hause zurückkehren.

All das Grübeln machte keinen Sinn. Irgendwie würde ich durchkommen. Das nahm ich mir fest vor. Bisher

hatte ich es auch immer geschafft. Warum sollte es jetzt anders sein? Schließlich hatte ich Kate, die mich begleiten würde. Zu jeder Zeit. Wenn ich an sie dachte, dann wuchs in mir eine Kraft und Stärke, die ich nie zuvor gekannt hatte. Der Gedanke an sie half mir, mit allen negativen Vorstellungen klarzukommen. Nein! Oder war doch alles nur Einbildung. Ich war vielleicht dabei, verrückt zu werden. Kate war tot! Alles andere bildete ich mir vielleicht nur ein.
Ich rief mich innerlich zur Ordnung. Es war falsch, so zu denken. Ich versuchte, solche Gedanken zu verdrängen. Ich glaubte einfach daran, dass es so war, wie ich es erlebte. Sie war immer noch da. Zwar auf eine ganz andere Art und Weise, aber sie war da und sie würde mich nie im Stich lassen. Niemals.

Es war Freitagabend, zwanzig Uhr. Ich schaute, wie jeden Tag zur gleichen Zeit, in den Wetterbericht. Ich ärgerte mich. Wieder einmal hatte man den Wetterbericht nicht pünktlich aktualisiert. Diese Leute bekamen so viel Geld dafür, warum nur konnten sie nicht pünktlich sein? Eine Minute später war er da: der Bericht. Kaum konnte ich es glauben, als ich die Vorhersage sah.

Zuerst wurde der Flugplatz genannt, von dem ich abfliegen würde:

HLN 051250Z 0600/0724 01004KT CAVOK

Das einzige was zählte, war CAVOK. Es ist, wie der gesamte Bericht, eine Abkürzung aus der Luftfahrt und besagt, dass beste Bedingungen für Sichtflüge herrschen. Dann, als ich einige Stationen weiter nachsah, wollte es scheinbar kein Ende nehmen. Fast überall blickten meine Augen auf den ersehnten Buchstabencode. Seit Wochen, wenn nicht sogar seit Monaten, hatte es eine solche Wetterlage nicht mehr gegeben. Sie wurde zwar auch im Fernsehen und in der Zeitung vorhergesagt, aber realisieren konnte ich es erst als ich auf die Flugwetterprognosen blickte. Mein großer Tag schien gekommen zu sein. Der Abflug würde auf Montag fallen. Dann wären laut Vorhersage die Winde für die Atlantiküberquerung geradezu perfekt.

Schnell rief ich meine Eltern zu mir in mein Zimmer und präsentierte stolz das Ergebnis des wochenlangen Wartens. Ungläubig starrten sie auf den Bildschirm. Ich bemerkte, dass die vielen Abkürzungen für sie wenig hilfreich waren. In meiner Pilotenwelt hatte ich wohl aus den Augen verloren, dass es auch noch Menschen auf dieser Welt gibt, die Flugwetterberichte nicht sofort deuten können. Ich begann es ihnen zu erläutern und teilte ihnen mit, dass ich voraussichtlich am darauffolgenden Montag losfliegen würde.

Sie waren gefasst. Bereits seit Wochen hatten sie mir geholfen, meine Koffer zu packen. Ich würde so viel an Unterwäsche und Kleidern mitnehmen, wie ich nur konnte. Aber alles hat seine Grenzen. Auf keinen Fall durfte ich mir mit dem Gepäck das wertvolle Gewicht wegnehmen, das für meine Getränke und meinen Proviant bestimmt war. Auch würde ich einen Zusatztank an Bord haben. Den hatte Jim mir installiert. Ganz so wie bei einer Überführung über den Atlantik. Nur, dass es in diesem Fall keine Überführung wäre, sondern mich der Weg weiter führen würde, nicht nur nach Europa.

Insgesamt hatte ich inklusive meinem Leichtgewicht nur gut neunhundert Pfund Spielraum für das maximale Gewicht. Mehr durfte ich meinem Flugzeug nicht zumuten. Und das durfte auf keinen Fall überschritten werden. Ganz genau geplant hatte ich, in welchen Teilen des Flugzeuges ich was verladen würde. Die hinteren Sitze hatte Brandon für mich ausgebaut. Das verschaffte mir einige Dutzend wertvolle Pfunde. Auf jedes einzelne kam es an. Immer wieder war ich in den letzten Tagen am Flugplatz. Bei meinem Flugzeug. Ich hatte ständig gemessen, gerechnet, überlegt und mit den anderen Piloten diskutiert. Jeder wollte mir helfen und Tipps geben. Einen Fehler in der Beladung konnte ich mir nicht leisten. Während des Fluges grenzte es an eine Unmöglichkeit, mal eben schnell nach hinten zu klettern. Alles müsste griffbereit sein, wenn ich es bräuchte. Ich fertigte mir einen Plan an. Alles sollte ganz genau durchdacht sein. Ich versuchte, alles mit der größten Präzision durchzuspielen. Die unterschiedlichsten Situationen. Nichts wollte ich dem Zufall überlassen. Ich konnte es nicht. Alles sollte so sicher sein, wie nur möglich.

Seit Wochen war ich im Internet unterwegs, chattete weltweit mit anderen Piloten. Ich fragte sie über die verschiedensten Situationen aus, ohne etwas von mir und meinem Plan zu verraten. Eine gewisse Angst war zwar, so hatte es jedenfalls für mich den Anschein, für den gesamten Flug vorhanden. Ich versuchte sie aber zu verdrängen. Nie zuvor war ich solch lange Streckenabschnitte alleine geflogen. Aber eine wirkliche Unsicherheit, die ich mir auch eingestand, hatte ich vor der Atlantiküberquerung. Sie wäre mein längster Weg über dem offenen Ozean. Unter mir nur die eiskalten Gewässer des Nordatlantiks.

Während ich durch das Internet surfte, immer auf der Suche nach Erfahrungen anderer, stieß ich auf die Seite einer jungen Pilotin, die in ihrem Blog von ihren Reisen berichtete. Sie war in meinem Alter, war bildhübsch und hatte blonde Haare. Sie kam aus dem Golden State, dem fernen Kalifornien. Dem Staat der Stars und der Illusionen. Sie schrieb auf ihrem Blog immer von ihrer Leidenschaft: dem Fliegen. Die Gemeinsamkeiten zwischen uns wirkten auf den ersten Blick fast unglaublich. Ich war mir sicher, dass wir uns auf Anhieb verstehen würden. Irgendwie spürte ich eine Zuneigung zu ihr. Ich spielte mit dem Gedanken, ihr eine Nachricht zu schreiben. Immer wieder sah ich auf ihre Seite, ihren Blog, geriet ins Schwärmen über die wunderschönen Momente, die von ihren Flügen zu sehen und zu lesen waren. Doch ich verwarf den Gedanken, ihr zu schreiben. Die Realität hatte mich eingeholt. Ich hatte eine Mission, welche ich niemals gefährden dürfte. Und immer noch hatte ich Kate. Ich hätte ein schlechtes Gefühl gehabt, einem Mädchen zu schreiben wenige Tage vor der Reise, die hauptsächlich meiner großen Liebe gewidmet war. Das hätte ich ihr niemals antun können. In den letzten Stunden vor meiner Reise war es mein sehnlichster Wunsch, so oft mit meinen Freunden und mit meinen Eltern beisammen zu sein, wie es nur möglich war. Ich wollte mit ihnen diese Augenblicke verbringen in dem Gedanken, es könnten die letzten sein. Natürlich ließ ich mir das nicht anmerken.

Samstagabend überreichte Greg mir einen Glücksbringer, den er gemeinsam mit John und Tom für mich besorgt hatte. Nicht, dass es das letzte Mal war, dass wir uns zu Gesicht bekommen sollten. Nein, sie wollten mir es jetzt schon überreichen, für den Fall dass etwas dazwischen käme. »Damit Du immer oben bleibst und nur runter kommst wenn du es selbst willst«, sagte er.

Ich war sehr gerührt. Niemals hätte ich gedacht, dass sie mir ein solches Geschenk machen würden. Ich hatte sie anders eingeschätzt. Bevor es zu sentimental wurde, bedankte ich mich bei ihnen und steckte den Talisman weg, um ihn später, wenn ich alleine sein würde, genauer zu betrachten.

Als sie fort waren, setzte ich mich aufs Bett in meinem Zimmer und begutachtete das kleine Metallstück. Es glänzte golden im kleinen Lichtschein meiner Lampe. Es waren zwei Flügel, in der Mitte ein Propellerblatt. Die Flügel erinnerten mich an Engelsflügel. Der Kreis um das Blatt wirkte wie der Kreis des Lebens. Der Anblick berührte mich so sehr, dass ich Tränen spürte, die langsam über meine Wangen glitten. Schnell legte ich es zur Seite, so dass mich meine Mutter nicht so sehen würde. Das wollte ich nicht. Bald würde sie mich zum Abendessen rufen.

Am Sonntag, dem Tag vor dem geplanten Abflug, war ich bereits früh am Morgen wach. Als erstes warf ich einen Blick auf die Wetterkarten, die im Internet für Piloten verfügbar waren. Es sah gut aus. Allerdings war die Vorhersage auch getrübt von einem Hurrikan, der sich scheinbar gerade auf den Weg zum Golf von Mexico machte. Aber dort würde ich nicht vorbeikommen. Hunderte Meilen würden meinen Flugweg vom Süden trennen. Nicht einmal einen Ausläufer würde ich spüren, davon war ich überzeugt.

Als ich die Treppen von meinem Zimmer herab ging, um mich mit meinen Eltern beim Frühstück zu treffen, bemerkte ich, dass die Haustür offen war. Der Wind wehte durch das Haus. Ich machte mir Sorgen. Hoffentlich war nichts passiert. Was war bloß los? Im Flur angekommen, sah ich durch die halb geöffnete Haustür meinen Vater, gleich neben ihm stand meine Mutter. Viele Leute waren da. War doch etwas passiert? Draußen standen Fernsehwagen! Langsam ging ich zur Tür. Hoffentlich war es nichts Schlimmes, hoffentlich war niemand zu Schaden gekommen.

Seit Monaten war ich jeden Tag aufgewacht und wartete förmlich darauf, dass etwas geschah. Damals, direkt danach, hatten die Ärzte mir gesagt, das sei normal. Es wurde mit der Zeit besser. Aber jetzt war das Gefühl wieder da. Irgendetwas musste passiert sein. Ich fühlte mich förmlich erleichtert, so seltsam das auch klingen mochte. Die Angst war vorüber. Ich stand einige Zeit an der Tür, ohne entdeckt zu werden. Aber wo waren die Rettungswagen? Ich sah nur Kamerawagen, vom Fernsehen, vom Radio, von den Zeitungen. Was war bloß los?

Es gelang mir, einige Worte zu verstehen. Die Reporterin, die meinem Vater eine Frage stellte, sprach von einem Flug. Sie sprach von mir! Das konnte doch nicht sein! Waren diese Menschen wegen mir da? Wer hatte denn den Medien Bescheid gegeben? Warum interessierten sie sich für MICH?

Ich war es doch bei weitem nicht wert, dass ein solches Medienaufgebot über den Flug berichtete. Da konnte gewiss etwas nicht stimmen. Das konnte nicht wahr sein. Wer also hatte den Medien davon erzählt?
Ich konnte mich überwinden und ging hinaus. Es war tatsächlich wie im Fernsehen, wenn ein Sportstar vor die Presse tritt. Ich wurde plötzlich umringt von Menschen. Ständig blitzte es, es wurde fotografiert und gefilmt. Es ging alles so schnell, dass ich mich nicht mal mehr zur Wehr zu setzen konnte. Nicht die geringste Chance hätte ich gehabt, mich gegen diese

Massen an Pressevertretern durchzusetzen. Ohne ein Wort zu verlieren, begab ich mich zu meinen Eltern, die einen überforderten Eindruck machten.

»Herr Young, haben Sie Zeit für ein kurzes Interview?«, fragte eine junge Reporterin. Da sie schätzungsweise nur wenig älter war als ich, willigte ich ein. Wäre es jemand anderes gewesen, hätte meine Entscheidung möglicherweise anders ausgesehen. »Was bewegt Sie dazu, diesen Flug anzutreten?« Was bewegte mich dazu? Um ehrlich zu sein, was sollte ich dazu sagen? Ich konnte keine Antwort geben. Nicht in einem Satz. Es waren mehrere Gründe. Ich verspürte einfach das Gefühl, hier weg zu wollen. Ich wollte weg von hier, weg von dem was passiert war, weg von dem was ich täglich hier sah. Einfach etwas anderes sehen. Hinaus in die weite Welt.

»Wenn ich fragen darf, hatten Sie Probleme nach der Tat, vielleicht psychische Probleme, und versuchen diesen nun durch diesen Flug zu entfliehen?« Was sollte diese Frage? Nie hatte ich psychische Probleme gehabt. Das hatte doch damit nichts zu tun. »Herr Young, eine letzte Frage. Gibt es jemand oder etwas, dem sie

diesen Flug widmen werden?« Widmen? Über die Antwort brauchte ich nicht nachzudenken: »Ich möchte diesen Flug allen widmen, die an diesem furchtbaren Tag ihr Leben verloren haben!« Plötzlich waren alle still.
Nach einer langen Pause fragte mich ein anderer Reporter, wann denn das Abflugdatum sei. Ich fragte mich selbst, ob ich es verraten sollte oder nicht. Aber schließlich würden sie es sowieso erfahren, vielleicht auf dem einen oder anderen Umweg, aber sie würden es herausbekommen. Ich antwortete: »Morgen, ab sechs Uhr früh können Sie damit rechnen.« Alle bedankten sich und wünschten mir einen schönen Tag. Ich bedankte mich ebenfalls. Ich wusste aber nicht einmal wofür.

Langsam zogen sie ab. Eigentlich waren sie alle freundlich. Keiner hatte sich ernsthaft daneben benommen. Es war doch ganz in Ordnung. Vielleicht hatte es sogar etwas Positives, dass jetzt jeder in Amerika wusste, dass ich, David Young, am Montag zum Flug um die Welt starten würde. Berühmt werden wollte ich aber ganz sicher nicht. Jedenfalls nicht auf diese Weise. Ich sprach mit meinen Eltern darüber. Sie sagten mir, am Morgen hätte jemand geklingelt. Dann seien sie hinausgegangen und hätten nicht gewusst, wie ihnen geschieht. Es täte ihnen leid, dass ich jetzt in den Medien sei.

Ich antwortete: »Es ist doch nicht schlimm, wenigstens wissen dann ein paar Leute, dass ich unterwegs bin. Das ist doch auch nicht schlecht.« Beide waren außer sich vor Wut auf die Presse. Die Presse konnte doch gar nichts dafür, sagte ich. Irgendwer von der Flugschule hatte ihnen vielleicht Bescheid gegeben. Eigentlich wollten wir es nicht an die große Glocke hängen. Aber wir wissen ja, wie die Menschen ticken.

Meine Eltern waren beruhigt, als sie merkten, dass ich keine Probleme mit dem Medienaufgebot hatte. Ich ging auf mein Zimmer und telefonierte mit meinen Freunden. Später würden wir etwas ausmachen und gemeinsam zum Flughafen fahren. Und damit anfangen, das Flugzeug zu beladen. Schließlich wollte ich bis zum Morgen alles organisiert haben.

Immer wieder fragte ich mich allerdings, wer der Presse Bescheid gegeben hatte. Wie konnte es nur dazu kommen? Ich schaltete den Fernseher ein. Es war bereits in den Nachrichten. Unglaublich. Ich konnte es kaum fassen:

NEUESTE NACHRICHTEN: AMOK-OPFER DAVID YOUNG PLANT FLUG UM DIE WELT

Ich sah unser Haus. Ich sah meine Eltern. Ich sah mich. Schnell rannte ich zum Fernsehgerät und stellte den Schalter auf »Aus«. Später ging ich zu Greg. John und Tom waren auch da. Wir saßen zusammen, gegen später fuhren wir dann zum Flughafen.

Mittlerweile war das Ganze in nahezu jedem Fernsehprogramm in den Nachrichten. Ich bemerkte, dass meine Freunde sich mir gegenüber anders verhielten als sonst. Vor irgendetwas schienen sie Angst zu haben. Ich sprach sie auf die tollen Nachrichten an, die ich eigentlich hatte verhindern wollen. Irgendjemand hatte doch tatsächlich die Presse bestellt. Dann ließen sie die Katze aus dem Sack. Sie erzählten mir, dass sie meine Geschichte in einem sozialen Netzwerk im Internet veröffentlicht hatten. Nicht alles. Nur einen kleinen Eintrag. Es war nicht böse gemeint. Niemals hät-

ten sie damit gerechnet, dass die Geschichte für die Medien derart interessant werden könnte. Ich nahm es ihnen in keinster Weise übel. Schließlich war es jetzt sowieso zu spät und so schlimm war es auch nicht.
Nur der Schock saß noch tief. Vor allem weil ich nicht darauf vorbereitet war. Es ist schlicht und einfach unglaublich, was das Internet anrichten kann. An Positivem wie auch Negativem. Über die Jahre hinweg hatte ich das beobachtet. Jetzt war ich selbst ein Opfer geworden. Aber schließlich war ja nichts Ernsthaftes geschehen. Aber es würde meine Einstellung zu der Sache nicht ändern. Noch nie war ich in einem solchen Netzwerk angemeldet, niemals hatte ich mich durchgeklickt. Ich hielt es einfach für Unfug, fand es unnütz und auch ein wenig gefährlich. Gefährlich wenn man bedenkt, was es anrichten kann. Psychisch Kranke, die sich zum gemeinsamen Selbstmord absprechen, Gewaltverbrecher, die sich mit ihren Opfern verabreden. Alles über das Internet. Warum sollte ich Tage im Netz verbringen, wenn ich mit meinen Freunden auch telefonieren oder mich treffen kann? Ich wollte, dass sie kein schlechtes Gewissen haben. Mehr oder weniger war es mir egal, was in den Medien berichtet wurde.

Würde ich nicht mehr zurückkehren, sollte doch um jeden Preis unsere Freundschaft für ewig bestehen bleiben.

Wir fuhren zum Flugplatz. Mit Gregs Auto. Sonst hatte ja noch niemand den Führerschein. Meine Eltern fuhren hinterher. Glücklicherweise war es ein Pick-Up, den Greg von einem Bekannten geliehen hatte. Sonst hätten die vielen Getränkepackungen, die vielen Fertigmenüs und das restliche, schwere Gepäck wohl kaum mit einem Mal transportiert werden können. Auf der Hinfahrt liefen außer den Country-Klassikern im Radio auch ältere Hits wie »Manic Monday«, »Another Day in Paradise« oder »I believe I can fly«. Wirklich seltsam, diesen Sender hatte ich zuvor noch nie gehört. Alle diese Lieder stimmten mich ein auf den Montag, der nur noch wenige Stunden entfernt war, auf den ich mich genauso freute, wie ich mir wünschte, es sei nur ein Traum.

Wie erleichtert war ich, als wir ankamen und im Radio keine Nachrichten zu hören waren. Nur Musik. Musik, die auf die nächsten Stunden, die mir bevorstanden, zugeschnitten war, als wäre sie von jemandem ausgewählt worden. Wieder einmal war es ein Moment, in dem ich mich fragte, ob es so sein musste wie es war. Ob es nicht vorbestimmt ist, unser Schicksal. Schnell verwarf ich den Gedanken. Ich hatte keine Zeit dafür.

Jim, der Abenteuerpilot, war bereits da. Ebenso Brandon. Sie wollten mir helfen, alles richtig zu verstauen. Das gab mir noch ein zusätzliches Gefühl der Sicherheit, schließlich konnte es in meinem Zustand voller innerer Unruhe vielleicht noch passieren, dass ich den Beladeplan nicht exakt einhalten würde. Das hätte unter Umständen schlimme Folgen.

Brandon sprach mich auf die Medienberichte an, die er in den Nachrichten gesehen hatte. Ich sagte, es sei ein kleines Versehen gewesen, irgendwer hatte wohl zufällig jemandem von der Presse davon berichtet. Meine Freunde verriet ich nicht. Das würde ich niemals tun. Jim sagte in seinem humorvollen Stil: »He, das hat nur Positives, dann sucht Dich wenigstens jemand, wenn Du in den Atlantik gestürzt bist, sie wissen ja dann, dass jemand unterwegs ist.«

Ich versuchte zu lächeln. Er meinte es nicht so. So war er eben. Piloten scheinen sowieso etwas seltsam zu sein. Sonst würden sie ja auch nicht fliegen.
Einer meiner Fluglehrer sagte immer: »Kein Intelligenzprotz steigt jemals in ein Flugzeug. Und erst recht nicht als Pilot.« Vielleicht hatte er Recht. Aber das ist jedem von uns, so glaube ich, ziemlich egal. Für uns zählt nur das Fliegen, jeder Flug aufs Neue.

Wir begannen, meine kleine Maschine zu beladen. Zunächst kam der gesamte Proviant nach hinten in das kleine Gepäckfach. So arbeiteten wir uns langsam nach vorn. Der große Zusatztank würde erst morgen dazukommen, erst wenn ich mich bereits auf meinem Sitz befinden würde. Sonst hätte ich wohl Probleme, ins Flugzeug hinein zu kommen. Anschließen und wieder lösen würde ich ihn im Ernstfall nur selbst können durch zwei Schraubverschlüsse. Am besten erst gar nicht an daran denken. Das Lösen der Verschlüsse dauert fast eine Minute. Vielleicht zu lange, wenn man versucht, nach einer Notlandung im eisigen Wasser des Nordatlantiks bei starkem Wellengang das Flugzeug sich selbst zu überlassen.

Nachdem wir die Beladung abgeschlossen hatten, gingen wir ins Büro. Jim schlug mir eine Strecke vor, die er für die beste hielt. Gemeinsam schauten wir sie uns an. Sie würde mich in Richtung Nordosten führen. Weg von Montana nach Minnesota. Dann weiter nach Saint Ignace über die Great Lakes. Der letzte Ort auf amerikanischem Boden, den ich zu sehen bekommen würde. Von dort aus würde ich nach Trois-Rivières in Quebec fliegen. Ein gutes Motel, hieß es, sollte es dort geben. Es wäre ein Katzensprung auf meiner unendlich weiten Reise. Und dennoch wären es gut fünfzehn Stunden. Die erste Etappe würde die längste sein. Wenn ich Amerika erst verlassen hatte, auf dem Weg nach Quebec, wären es nur noch gut fünf Stunden. Aber ich würde mich beeilen müssen. Ich wollte gleich am ersten Tag nicht in die Nacht hinein fliegen.

Es war Zeit, nach Hause zu gehen. Ich brauchte viel Schlaf in dieser Nacht, der letzten vor der Reise meines Lebens. Ich verabschiedete mich von Jim und Brandon, die mir zusicherten, morgen früh da zu sein. Diesmal fuhr ich mit meinen Eltern zurück. Den letzten Abend wollte ich nur mit ihnen verbringen.

Es war still im Haus. Keiner schien sich zu trauen, der Stille ein Ende zu setzen. Ich hatte das Gefühl, meine Eltern waren wesentlich aufgeregter als ich. Was könnte ich nur tun, um sie zu beruhigen? Als ich irgendwann in meinem Zimmer war, kam meine Mutter zu mir. Leise trat sie in mein Zimmer ein. Sie streichelte mir zart über meine Wangen. Ihre Augen glänzten, sie waren voller Tränen. Ich sagte, dass ich es tun müsse. Sie antwortete traurig, aber dennoch überzeugt: »Ich weiß. Du wirst es schaffen. Ich werde die ganze Zeit an dich denken, dein Vater auch. Und nimm noch etwas auf die Reise mit. Wenn du Angst hast, lass sie zu und setze dich mit ihr auseinander, aber werde nie panisch. Es ist völlig normal Angst zu haben. Ich bin mir ganz sicher, du wirst auf deiner Reise nie wieder eine solche Angst haben, wie du und deine Schulkameraden sie hatten, als der Mörder in euer Zimmer kam. «

Dann: »Schlaf gut, mein Schatz. Morgen hast Du viel vor.« Sie gab mir einen Kuss auf die Stirn. Langsam schloss sie die Tür hinter sich. Die Nacht begann.

Nein! Nicht! Oh mein Gott! Nicht schießen!
Ich sah den Amokläufer vor mir. Ich hatte das Gefühl, getroffen worden zu sein. Ich spürte einen Schmerz. Ich fühlte mein Blut. Ich sah Kate. Wie sie blutete. Ich sah meine Schulkameraden, leblos am Boden. Alles war voller Blut. Das war die Hölle. Ich wachte auf. Ich schrie. Es war nur ein Alptraum. Schon lange hatte ich keinen Alptraum mehr gehabt. Dieses Mal war es so extrem, dass ich wirklich einige Zeit brauchte, um mich zu erholen. Ich ging zum Fenster, schaute hinaus. In die pechschwarze Nacht. Nichts war zu sehen. Ich sah auf die Uhr: Drei Uhr dreizehn. Schon der neue Tag! Wenigstens hatte ich scheinbar fast sechs Stunden geschlafen.

Ich kletterte zurück in mein Bett. Ich würde es vermissen, das war mir klar. Es war mein Rückzugsort. Meine Heimat. Wem geht es anders? Umso mehr genoss ich den Rest der Nacht. Viel Zeit war schließlich nicht mehr. Nur noch eine Stunde. Dann stand ich auf, mit der Angst nie mehr in mein Bett zurückzukehren. Doch war ich immer zurückgekommen. Warum sollte es jetzt anders sein?

Montagmorgen, fünf Uhr. Der erste Tag von einer Vielzahl an Tagen, Wochen oder Monaten. Niemand kann wissen, wie lange ich brauchen werde. Niemand weiß, ob ich es überhaupt schaffen werde. Aber über eines bin ich mir sicher, es ist richtig, es zu tun, jetzt oder nie. So seltsam es auch klingen mag, ich verabschiedete mich von meinem Zimmer, von unserem Haus. In der Hoffnung irgendwann einmal hierher zurückzukehren. Die Fahrt zum Flughafen mit meinen Eltern kam mir wie eine halbe Ewigkeit vor. Dabei waren es wohl nur dreißig Minuten. Wie immer. Ich fühlte mich wie ein Astronaut, der zur Startrampe gefahren wird: ungewiss in die Zukunft blickend, aber dennoch unendlich überzeugt von sich und seiner Aufgabe. Genauso fühlte ich mich in diesem Moment.

Am Flughafen würde ich auch meine Freunde treffen, für ein letztes Erinnerungsfoto. Man darf die Kraft eines Fotos nicht unterschätzen, wenn man am anderen Ende der Welt ist und darauf blickt. Immer in der Hoffnung, die Person, tausende Meilen entfernt, spürt diesen Moment. Es gibt einem die Kraft, alles zu geben, um zurückzukehren. Auf diese Kraft würde ich nicht verzichten wollen. Langsam kam der Pick-Up, gesteuert von meinem Vater, vor dem Flugfeld zum Stehen. Alles war voll mit Menschen. Überall Kameras. War das alles wegen mir? In der Menge sah ich Schilder, darauf war deutlich zu lesen: »Du schaffst das, David!«, oder »Unser David fliegt um die Welt«. Die Vorflugkontrollen warteten und ich wollte noch einmal mit Jim und Brandon meine Flugstrecke besprechen.

Von weitem sah ich sie. Ihre Flächen glitzerten in der aufgehenden Sonne, genau wie damals, als ich sie zum ersten Mal sah. Meine Kate, ich hoffte mein wundervoller Engel nahm es mir nicht übel, dass ich das Flugzeug nach ihr benannt hatte. Stolz lief ich zu der Piper, öffnete die Türen und begann mit meinen Checks. Sanft streichelte ich über das Metall, in der Hoffnung, sie werde mich akzeptieren. So wie es Jim gesagt hatte.

Gewissenhaft erledigte ich die einzelnen Punkte auf meiner Liste. Die Listen helfen einem, bei der Sache zu bleiben, egal, wie emotional abwesend man zu sein scheint. Ich musste schnell machen, aber unter ernsthaftem Zeitdruck war ich nicht. Doch zu groß wäre die Gefahr, dass die Aufregung mich überwältigt und mich

zu einem Schritt den ich später einmal bereuen würde, verführen könnte, vielleicht sogar zur Aufgabe des Vorhabens.
Meine Eltern standen bei mir, bei meinem Flugzeug, ebenso meine Freunde Greg, John und Tom. Es war an der Zeit, sich zu verabschieden. Jim hatte in der Zwischenzeit die Pressearbeit übernommen. Er sprach mit den Kameraleuten und Reportern. Ich war erleichtert, dass meine Eltern nicht dazu gezwungen waren. Das hätte ich ihnen niemals zumuten können.

Von Brandon hatte ich mich bereits verabschiedet. Ich kannte den Grund nicht, warum er nicht bis zum Schluss warten wollte. Bis zu dem Moment, in dem ich das Triebwerk starten und meinen Weg zur Startbahn antreten würde. Vielleicht wollte er Gefühle vermeiden, die er sich nicht eingestand. So ist es bei vielen. Sie wollen immer stark sein, den Eindruck vermitteln, sie hätten nie einen Anlass, zu Tränen gerührt zu sein. Und doch sind wir nur Menschen. Zum Abschied sagte er mir: »Also, mach es gut. Du wirst sehen, das wird kein Problem für Dich sein. Für andere vielleicht, aber nicht für Dich. Glaube an Dich selbst und nichts kann schiefgehen. Wenn Du Zeit hast, kannst Dich ja aus Europa mal melden.«

Ich wollte nur noch auf Jim warten. Endlich kam er. In Eile rannte er zu uns. In diesem Moment flüsterte mir meine Mutter etwas ins Ohr. Ich konnte es kaum glauben. »Kates Mutter kam vorher zu mir, sie sagte ich solle dir das geben. Es sei von Kate, sie wollte es Dir damals zu Deinem Geburtstag schenken. Es soll dir jetzt alles Glück auf Erden bringen und dass du gesund und wohlbehalten wieder zurückkommst.« Sie überreichte mir ein kleines Paket, kaum größer als eine Streichholzschachtel. Über meine Wange lief eine Träne: Vorsichtig öffnete ich es, ohne ein Wort zu verlieren. Dann schaute hinein und schloss es wieder. Es war ein kleiner Engelsflügel. Ich umarmte meine Mutter und bedankte mich. Es würde mir Glück bringen, davon war ich überzeugt. Jim war nun bei mir. Er gab mir die Hand und umarmte meine Mutter. Mein Vater versuchte sie zu trösten.

Es war an der Zeit, mich zu verabschieden. Noch einmal nahm mich meine Mutter und dann mein Vater kräftig in die Arme. Keiner von uns fand die passenden

Worte zum Abschied. Ich stieg auf den Flügel, um ins Cockpit zu gelangen. Um es so kurz wie möglich zu machen, sagte ich: »Wenn ich in Trois-Rivières bin, werde ich mich melden, bis dann, tschüss!« Ich schloss die kleine Tür, verriegelte sie oben und unten. Ab diesem Moment war ich in meinem Element. Ich begann mich mit dem Flugzeug zu vereinen und meinen Plan abzuarbeiten.

Auf diesem ersten Abschnitt würde ich den großen Zusatztank bereits brauchen. Die Flugzeit, die ich errechnet hatte, lag bei etwas weniger als zehn Stunden. Ohne den Tank könnte mein Flugzeug höchstens sechs Stunden in der Luft bleiben, leergeflogen auf den letzten Tropfen. Bei kleineren Etappen auf meiner Reise müsste ich es mir überlegen, ob ich den Zusatztank dann auch verwenden würde. Warum sollte ich mir den Weg aus dem Cockpit im Notfall unnötig versperren?

Ich zog den riesigen Kanister aus fast durchsichtigem Kunststoff nach vorne, es kostete einiges an Kraft, denn mein schwerer Begleiter war voll mit Treibstoff. Fünfzig Gallonen füllten den Koloss, das verlieh meinem Flugzeug eine höchstmögliche Flugzeit von fast zwölf Stunden. Vorsichtig verband ich die Anschlüsse, sie mussten einwandfrei sitzen, keinen einzigen Fehler, so klein er auch sein mochte, konnte ich mir erlauben. Die Gurte waren angelegt, ich war bereit das Triebwerk zu starten. Einspritzen, verriegeln, Elektrik an und Starter betätigen. Langsam begann sich der Propeller zu drehen, das unverwechselbare Geräusch wandelte sich rasch in ein konstantes Röhren des Triebwerks. Noch einmal winkte ich ihnen zu, meinen Eltern, Jim, den vielen Menschen, die gekommen waren. Meinen Gruß unterstrich ich mit einem deutlichen Daumen hoch, als Zeichen, dass alles in Ordnung war. Es war das letzte Mal für eine lange Zeit, dass ich sie zu Gesicht bekam und es war ein schöner Abschied.

Der Kontrollturm wusste von meinem Vorhaben Bescheid, was mir noch einmal zusätzlich Kraft verlieh, das Ziel eisern zu verfolgen: »November Neun-Drei-Kilo, Wind Eins vier null Grad, fünf Knoten, Start frei, wünsche Dir viel Erfolg auf Deinem Flug und alles Gute, Tschüss!« So schnell ging es. Dieser Tag war in Windeseile näher gekommen und nun saß ich bereits in meinem Flugzeug, mit laufendem Motor und stand auf dieser riesigen Startbahn, mehrere Kilometer lang und vor mir nur das Blau des Himmels und die große weite Welt. Es war das Gefühl, das mich bei meinem ersten Alleinflug, einem Moment, den kein Pilot in seinem Leben jemals vergisst, begleitete und mich nun wieder einholte. Ganz allein auf dieser riesigen Startbahn, den Schubhebel in der Hand, hat man das Gefühl, etwas Besonderes zu sein. Nicht viele Menschen auf der Welt werden jemals diese Situation erleben dürfen. Ich schob den Schubhebel nach vorne, wohl bewusst den Start zu jeder Zeit abbrechen zu können, sollte etwas Unvorhergesehenes geschehen, löste die Bremse und mit einem kräftigen Ruck setzte sich die Maschine in Bewegung. Immer schneller und schneller holperte sie genau auf der Mittellinie die gigantische Asphaltfläche entlang. Es war nahezu windstill.

Mit einem leichten Ziehen begann sie sich langsam aber sicher zu erheben. Es war ein unbeschreibliches Gefühl, das mich und sicher jeden Piloten auf der Welt, selbst nach tausenden von Stunden in einem Flugzeug, in diesem magischen Moment begleitet. Endlich waren wir in der Luft. In der großen Freiheit, die einzig wahre Freiheit, die es, abgesehen vom Weltall, überhaupt geben kann.

Noch einmal überflog ich die Stadt, in der sich Jeder und Jede kannten. Ich flog über unseren kleinen Ort, über unser Haus und weiter über das Haus, indem Kate gelebt hatte. Ich nahm meine kleine Kamera, hielt sie aus dem kleinen, geöffneten Seitenfenster und fotografierte. Ich wollte diese Bilder unbedingt dabeihaben, sollte ich irgendwo auf der Welt Sehnsucht bekommen, nach den Orten, an denen ich zu Hause war.

Es wurde Zeit, Kurs Nord-Ost einzuschlagen. Auf keinen Fall wollte ich riskieren zuviel Treibstoff, kostbar und essentiell wie Wasser für den Menschen, bei diesen kleinen Spaß-Kurven zu verschwenden. Der Himmel war hellblau, kaum eine Wolke hat sich getraut, an diesem heißen Tag von der starken Sonne aufgelöst zu werden. Ich stieg auf die höchste Flughöhe, die mir möglich war. So flog ich aufgrund der geringeren Luftdichte in fast zehntausend Fuß bis zu dreißig Knoten schneller und bekam von der Natur auch noch die Höhenwinde geschenkt, die mich schneller vorankommen ließen.

Unter mir lag noch Montana, als ich nach Osten drehte, um direkten Kurs nach Michigan einzuschlagen. Ich wollte der ungefähren Grenze zwischen North und South Dakota folgen, um dann über Minnesota und Wisconsin und nach dem Überqueren des Lake Michigan auf direktem Weg nach Saint Ignace zu gelangen. Wie ein riesiges Meer wirkte das Land, das vor mir lag. Und es war wirklich Wasser. Konnten das wirklich schon die Great Lakes sein? Ich schaute nochmals genauer hin, nach vorne hinaus, über die dicke Motorhaube hinweg. Tatsächlich, sie mussten es sein. Schließlich lag kein anderes derart großes Gewässer auf meinem Weg. Je näher ich kam, desto besser ergab sich mir ein Bild und ich konnte meine Position bestimmen. Ich erkannte zwei riesige Seen, die wirkten wie der Ozean, in ihrer Mitte ein großes Stück Land. Keine Frage, das waren Lake Superior und Lake Michigan. Ich brauchte nur auf dem Landstrich dazwischen zu bleiben und würde so direkt zu meinem ersten Etappenziel gelangen.

Es war wunderschön, hier zu fliegen. Mit meiner Kamera musste ich sicher schon mehrere hundert Bilder geschossen haben. Ich war gespannt, ob die zwei weiteren Speicherkarten für die Bilder ausreichen würden. Fast neun Stunden waren nun vergangen. Neun Stunden voller Sonnenschein. Ich konnte mich nicht daran erinnern, einmal zuvor einen solchen Flug erlebt zu haben, bei dem ich so wenige Wolken zu Gesicht bekommen hatte. Und das über eine solch lange Strecke hinweg.

Endlich, eine große, lange Landebahn lag vor mir. Der Kontrollturm wusste Bescheid und erteilte mir die Landefreigabe. Zehn Stunden und fünfzehn Minuten waren vergangen als der Boden meine kleine Maschine und mich wieder hatte. Langsam rollte ich zum Vorfeld, gleich neben die kleine Tankstelle, denn der Treibstoff reichte nicht bis zu meinem nächsten Ziel. Ich war erleichtert, als ich das kleine Cockpit verließ und über den Flügel hinabstieg. Ich fühlte mich wie neugeboren, und war froh, endlich wieder einige Schritte gehen zu können. Noch bevor ich irgendetwas für den Weiterflug unternehmen würde, nahm ich mein Handy, um meinen Eltern Bescheid zu geben:

»Hallo, ich bin‘s. Ich bin jetzt in Saint Ignace. Hat alles gut geklappt. In einer halben Stunde fliege ich weiter nach Trois. Ist bei Euch auch alles klar?« Meine Mutter war am Telefon, sie war sichtlich erleichtert, dass ich mich meldete. Ich hatte das Gefühl, dass sie schon seit Stunden auf meinen Anruf gewartet hatte.

Voller Hoffnung, dass mir nichts zustößt, verabschiedete sie sich von mir: »Also, mach es gut. Pass auf Dich auf, mein Schatz!« Nicht nur bei meiner Mutter, und wohl auch meinem Vater stellte sich nach meinem Anruf sicherlich ein Gefühl der Erleichterung ein. So auch bei mir. Ich war froh, mit ihr telefoniert zu haben. Bei meinen Soloflügen hatte ich mich immer zu Hause nach der Landung gemeldet. Oft war ich an Flugplätzen, an denen ich nie zuvor gewesen war. Die Alleinflüge waren immer etwas Besonderes. Unbeschreiblich. So auch jetzt, mit dem kleinen Unterschied, dass ich heute Abend nicht nach Hause zurückkehren würde.

Es wurde Zeit, die Maschine vollzutanken. Ich ging hinüber zur Zapfsäule, holte das Erdungskabel und klemmte es an den Auspuff. Dann steckte ich die Zapfpistole in den ersten der drei leeren Tanks und schon ging es los. Fast war es wie bei einem Auto.

Nach dem Bezahlen der Lande- und Tankgebühren auf dem Kontrollturm bei dem netten Lotsen, ein älterer Herr der mir nochmal alles Gute wünschte, war es an der Zeit weiterzufliegen. Schließlich wollte ich möglichst noch bei Tageslicht in Kanada ankommen.

Es war bereits durch die tiefstehende, warme Sonne zu spüren, dass der Abend naht, als ich am Steuerhorn zog und wir uns wieder majestätisch in die Luft erhoben. Gleich nach dem Start drehte ich Richtung Osten. Ich würde Richtung Montreal fliegen, dann den Sankt-Lorenz-Strom entlang.

Die Abenddämmerung hatte bereits begonnen. Ein riesiges Gebiet, ein wahres Lichtermeer war in der Ferne zu erkennen. Keine Frage, das musste Montreal sein. Es war nicht mehr weit. Die Landebahn war nicht schwer zu finden. Hell beleuchtet, fast zu grell, lag sie vor mir. Die vielen kleinen Leuchten, ein wahres Lichtermeer, wiesen mir den Weg. Eine Leichtigkeit, sich hier zurechtzufinden, fast einfacher als bei Tageslicht. Ich war müde, als ich das Flugzeug verließ. Wäre ich so weitergeflogen, wäre ich wahrscheinlich eingeschlafen.

Das Motel lag genau gegenüber des kleinen Flugfeldes und ich war erleichtert als ich in meinem Zimmer das große Bett vorfand. Alles schien so zu sein, wie es Jim mir erzählt hatte. Was war das für eine Wohltat, endlich schlafen zu können. Wie es weiterginge, würde ich morgen früh entscheiden, nach der Auswertung der neuesten Wetterdaten. Mir war alles egal. In den nächsten Stunden würde eine Traumwelt vor mir liegen und ich hoffte, sie würde nicht so schlimm wie in der vorangegangenen Nacht. Aber ich sollte Glück haben, ich durfte eine ruhige und erholsame Nacht erleben.

Am darauffolgenden Tag schien mir das Wetter nun einen Strich durch die Rechnung machen zu wollen. Tiefe Wolken, Regen. Dabei war das gar nicht vorhergesagt. Aber so war es immer. Das Wetter würde nie so werden, wie vorhergesagt. Entweder man hat Glück, oder man hat Pech.
Damit muss man in der Fliegerei leben. Das gilt aber eigentlich auch für das ganze Leben.

Ein älterer Mann saß gelassen auf einem der Sessel in der Flughafenlobby, dort wo die Computer für die

Flugplanung bereitstanden. Er sah mir eine Weile zu, wie ich immer wieder die Wetterkarten aufrief. Dann kam er zu mir. Er stellte sich neben mich, blickte mich an und schaute in den Bildschirm, der voller Daten steckte: »Wo soll's denn hingehen, junger Mann?« fragte er mich mit starkem kanadischen Akzent. Während ich die Wetterdaten ausdruckte, antwortete ich: »Es geht nach Iqaluit.« Überrascht fragte er nach: »Iqaluit, heute?« »Ja, ich bin auf einer Art Weltreise, ich muss bei jedem Abschnitt soweit wie möglich fliegen, sonst bräuchte ich ja ewig.«

Er antwortete: »Ah, ich verstehe. Kann ich Dir bei etwas helfen?« Ich war erleichtert: »Oh, gerne, ich heiße David. David Young.« Er stellte sich mir vor: »Jo Barker. Freut mich sehr.« Gemeinsam gingen wir die Strecke durch. Ich war froh jemanden gefunden zu haben, der mir helfen konnte. Noch nie zuvor war ich in dieser Gegend geflogen und nun erleichtert über jeden Tipp. Er zeichnete mir den besten Weg auf die Karte und wir errechneten die voraussichtliche Flugzeit. Neun Stunden und neun Minuten – fast genauso wie einen Tag zuvor. Blieb nur zu hoffen, dass ich einen Weg durch die tiefen Wolken finden würde. Ansonsten müsste ich umkehren. Unter den tiefen Wolken konnte ich nicht fliegen, die Gefahr eines Fluges ins Gelände wäre einfach zu groß gewesen. In den Wolken zu fliegen war ebenso gefährlich, da mein Flugzeug über keinen Vereisungsschutz verfügte. Außerdem war weder ich, noch das Flugzeug für den Instrumentenflug berechtigt. Aber das interessierte hier sowieso niemanden.

Jo meinte aber, ich solle den Flug lieber verschieben. Die Vereisungsgefahr wäre zu groß. Es war auch wenig verwunderlich, es war der vierte August, Temperatur zwölf Grad Fahrenheit und es schneite. Sogar ziemlich heftig. Kaum zu glauben, aber an diesem Ort herrschte selbst im Hochsommer ein Wetter, wie ich es noch nie zuvor erlebt hatte.

Trotz aller Warnungen bereitete ich mich auf den Start vor. Mit dem festen Gedanken daran, jederzeit umkehren zu können, sollte sich das Wetter plötzlich stark verschlechtern. Eigentlich war das, was ich hier tat genau das Gegenteil von dem, was uns Piloten während der Ausbildung immer und immer wieder gepredigt wurde. Immer hieß es, bei jeder kleinen möglichen

Gefahr, insbesondere durch schlechtes Wetter, sollte kein Flug angetreten werden.
Aber ich wollte fliegen, unbedingt. Deshalb verdrängte ich das, was ich gelernt hatte. Schließlich wäre es doch langweilig, immer nur bei bestem Wetter zu fliegen. Ich rollte zum Start und dann ging es los. Die Wolken schienen niedriger zu sein als vorhergesagt. Bis zum Boden blieben mir nur wenige hundert Fuß. Viel zu wenig, um sicher weiterfliegen zu können. Ohne irgendeine Möglichkeit, die Position verlässlich einschätzen zu können, war es zu gefährlich, sich so den Weg durch das Gelände zu bahnen. Ein GPS wäre jetzt hilfreich gewesen. Aber die Flugpioniere wie Lindbergh hatten schließlich auch keines.

Ich schaute nach oben und war auf der Suche nach einem kleinen Spalt in den Wolken, einem offenen Fetzen der ausreichen würde für einen Steigflug. Einige Minuten verstrichen – vergebens. Es begann zu regnen und dazu noch zu schneien. Es schien wohl eine Mischung aus Regen und Schnee zu sein, die mit rasanter Geschwindigkeit auf die Windschutzscheibe stürzte. Langsam wurde es ungemütlich. Ich musste eine Entscheidung treffen. Sollte ich nicht in den nächsten Minuten einen wolkenfreien Abschnitt erkennen können, würde ich umkehren. Banges Warten. Mein Herz überschlug sich fast. Da! Da vorne! Es hatte sich doch tatsächlich der fast hoffnungslos bedeckte Himmel an einer einzigen kleinen Stelle geöffnet. Wie ein Wunder wirkte es auf mich, in dieser kargen, grauen und nassen Umgebung ein Stück Hellblau erkennen zu können. Es wurde Zeit zu steigen.

Oben angekommen, herrschte traumhaftes Flugwetter. Unter mir die Wolkendecke, die, so schien es, die ganze Erde umschloss. Nichts war zu erkennen, außer dieser magischen weißen Decke, die wirkte, wie ein gigantisches Feld von weicher Zuckerwatte. Da ich kein Land mehr unter mir erkennen konnte, war ich darauf angewiesen, ständig auf die Uhr zu sehen und meine Richtung mit dem Kompass zu vergleichen. Nur so konnte ich meine Position ungefähr auf meiner Karte ermitteln.

Nach Stunden über diesem weißen Meer besserte sich das Wetter leicht. Die Wolken wichen, langsam aber sicher. Es kam Land in Sicht. Am Horizont war bereits die Küste zu erkennen. Bei meinen Berechnungen und meinen Kursen konnte kein Fehler passiert sein, denn so ungefähr stimmte das Bild mit dem Punkt auf meiner Karte überein. Erleichterung. Eine kleine Unachtsamkeit und mangelnde Konzentration könnten verursachen, dass der Flug anderswo endet. Besonders in diesen Breiten, mit den heftigen Winden. Über die breite Meerenge, genannt Hudson Strait, ging es direkt ins weiße Land, dem Land der Nunavut.

Iqaluit ist ein kleines Fischerdorf inmitten den Weiten des Eises. Es gab nicht viel dort. Und es war kalt. Flugzeughersteller aus aller Welt kommen hierher, um auf dem kleinen Flugplatz ihre Maschinen den Kältetests zu unterziehen. Das ist einer der Gründe, warum es nur wenige kleine Gebäude auf dem Vorfeld gibt, aber eine mehrere Kilometer lange Startbahn. Als ich landete und ausstieg, war ich gezwungen sofort wieder zurück in die Maschine zu klettern, um eine warme Jacke über meine ohnehin schon dicke Fliegerjacke zu ziehen. So kalt war es hier. Dafür waren die Menschen sehr freundlich. Nach dem obligatorischen Anruf zu Hause, um meine Eltern zu beruhigen, begab ich mich in das Gebäude, in dem sich eine überschaubare, aber gemütliche Cafeteria befand. Draußen wurde unterdessen mein Flugzeug wieder vom Tankwart aufgetankt.

Eine Weile blieb ich dort. Dann wurde es Zeit, dieses gemütliche Örtchen wieder zu verlassen und hinauszugehen, in die eisige Kälte. Der Tankwart, der etwas genervt wirkte, freute sich über die paar Dollar Trinkgeld, die ich ihm gab. Ich hätte Glück, sagte er zu mir, gestern sei ein Schneesturm hier hinweggefegt und an fliegen wäre nicht zu denken gewesen. Da war ich ganz froh, dass sich, so sah es zumindest laut der Wettervorhersage aus, so schnell kein Schneesturm mehr hierher verirren würde. Bliebe zu hoffen, dass die Vorhersage auch stimmte.

Wenige Augenblicke später war ich auch schon wieder in der Luft. Es ging über die Davis Strait, die gut vierhundert Meilen breit ist an dieser Stelle. Ich hatte das erste Mal meine Schwimmweste und den orangefarbenen Rettungsanzug angezogen. Rettungsanzüge und Schwimmwesten sind vorgeschrieben für einen Flug in einem privaten Flugzeug über den Atlantik. Es handelt sich wohl um eines der wenigen Gesetze in der Luftfahrt, die wirklich ernsthaft Sinn machen. Hoch über den eiskalten Fluten des Nordatlantiks hatte ich das Gefühl, ich befände mich tief dort unten. Trotz voll eingeschalteter Heizung war es bitterkalt. Ich zog den Kragen meines Notfalloveralls ganz nach oben und versuchte mich nur auf das Fliegen zu konzentrieren.

Noch zwei Stunden bis Nuuk. Was wäre nur, wenn jetzt das Triebwerk versagen würde? Bloß nicht daran denken! Ich würde es niemals aus dem Flugzeug schaffen. Hilflos würde ich im Eismeer ertrinken, ohne Aussicht auf Rettung. Hör auf! Positiv denken! Wie war es damals, bei meinem ersten Alleinflug? Da hatte ich auch Angst. Und war seither etwas passiert? Noch nie. Also, warum sollte jetzt etwas passieren?

Ich sah auf meine Uhr. Seit dem letzten Punkt, einem Leuchtturm, der mit dem in der Karte eingezeichneten übereinstimmte, waren gut anderthalb Stunden vergangen. Aber wo nur war der nächste? Es sollte ein schroffer Felsen sein, markant aus dem Wasser ragend. Hoffentlich würde ich ihn finden, es wäre die einzige Lösung, der einzige Weg für mich, um sicher zu sein, nicht durch eine starke Luftströmung von meinem errechneten Kurs davongetragen worden zu sein. Nichts, nur die Dunkelheit des Meeres. Nirgendwo war etwas zu sehen, hauptsächlich wegen der tiefen Wolken.

Die Dämmerung war bereits in vollem Gange. Doch ich hatte nicht die Zeit die vielen Farbtöne am Himmel zu betrachten. Ich musste mich konzentrieren, durfte keinen einzigen Fehler machen. Plötzlich hatte ich das Gefühl abgekommen zu sein von meinem Kurs. Dem Kompass nach zu urteilen, sollte ich aber ungefähr in der richtigen Richtung liegen. Jedoch sind Kompassfehler in dieser Region durch die verhältnismäßig geringe Entfernung zum magnetischen Nordpol nicht zu unterschätzen. Ständig musste ich mit Hilfe meiner Karte den ungefähr möglichen Kurs berechnen. Ich begann an mir zu zweifeln. Die fehlende Sicht und fehlende Möglichkeiten meine Position zu bestimmen, drohten, mich in den Wahnsinn zu treiben. Das einzige was ich hatte, war ein Funken Hoffnung, doch auf dem richtigen Kurs unterwegs zu sein. Was würde ich tun, sollte ich mitten in den Atlantik stürzen? Ich wäre verloren. Es würde sich in der nächsten Stunde entscheiden, ob ich auf dem richtigen Weg war. Es war Unsinn, darüber nachzudenken, was wäre wenn.

Als Pilot muss ich immer rational entscheiden. Doch manchmal liegt die Entscheidung über Sieg oder Niederlage nicht in der eigenen Hand. Ich musste nur durchhalten, das war das Einzige was ich tun konnte. Durchhalten und hoffen anzukommen. Dann, die letzte Stunde war fast um, hörte ich Stimmen. Nein, sie waren nicht eingebildet in meiner Verzweiflung. Nein, ein starkes Rauschen im Funk versicherte mir, dass es der Kontrollturm von Nuuk sein musste. Ich fragte nach der Richtung zur Landebahn und die Stimme sagte mir, sie läge genau vor mir. Wenige Augenblicke später tauchten im Nebel die grellen Lichter auf, die mir den Weg zeigten. Ich hatte es geschafft. Unglaublich, aber wahr.

Jetzt musste ich mich erst einmal ausruhen, in einem warmen Hotel ganz in der Nähe des Flugplatzes. Am Telefon, das war für mich klar, würde ich meinen Eltern nichts von der Situation erzählen. Die tiefen Wolken waren weggezogen, als ich am nächsten Morgen früh aufwachte und aus dem Fenster des Hotelzimmers blickte.

Ich hatte mich erholt von dem Erlebnis. Doch es blieb nicht ohne Nachwirkungen. Ich zweifelte an mir. Was, wenn wieder so etwas passieren würde? Es war mir bewusst, dass ich mich auf einem sehr schmalen Grad bewegte. Aber was wäre richtig? Einfach das Ganze aufgeben oder es trotz allem versuchen? Nochmals schaute ich in den blauen Himmel, die Entscheidung war gefallen.
Am Flughafen angekommen, war es ruhig. Als ich mir die Wetterinformationen besorgte, und diese überflog, fiel mir nicht das Geringste auf, was für meinen Flug gefährlich werden könnte. Lediglich ein kleines Tiefdruckgebiet wurde aufgeführt, das aber erst heute Nacht süd-östlich von Island über dem Atlantik seine Stärke erreichen würde. Keine Gefahr für mich. Als ich auf den Flügel stieg, um in das Cockpit zu gelangen und die Tür öffnete, geschah etwas, das mich erstarren ließ.

Aus reiner Unachtsamkeit fiel mir Kates Anhänger mit ihrem und meinem Bild hinunter. Es war für mich klar, dass er mir immer geholfen hatte. Er gab mir so viel Kraft und Glück. Er war aus meiner Hand entglitten, als ich die Türe öffnete, schlug auf dem harten Betonboden auf. Als ich hinabschaute, sah ich das gesprungene Glas, das Bild wurde von dem Windstoß durch die Luft gewirbelt. Eine Katastrophe. Was war nur geschehen? Blitzschnell sprang ich hinab, in der Hoffnung das Foto retten zu können. Aber ich konnte es nicht mehr finden. Es war mein wahrer Glücksbringer. Ich war am Boden zerstört, als ich die Trümmer, das was übrig blieb, sorgfältig in die Kabine legte. Es hatte keinen Sinn, es musste weitergehen.

Wütend über mich selbst, begann ich die Checkliste abzuarbeiten. Ich versuchte das Triebwerk zu starten. Vergeblich. Drei Versuche – ohne Erfolg. Nach dem vierten Versuch war in diesem kalten Wetter die Batterie schnell erschöpft. Nichts ging mehr. Ich saß fest. Ich fühlte mich leer. Ohne Ziel. Ich existierte einfach. Warum musste mich jetzt das Glück verlassen? Was hatte ich getan?

Ich ging zurück, lief über das breite Vorfeld zu dem Wartungshangar, in dem ich zwei Mechaniker bemerkte, die gerade an anderen kleinen Maschinen werkelten. »Entschuldigung, ich möchte sie nicht stören, aber ich habe ein kleines Problem«, sprach ich den jungen

Mann an, der sich liegend unter dem Motor einer Cessna befand. »Ja, bitte?«, gab er undeutlich zur Antwort, vermutlich war er zu beschäftigt.

Langsam schob er sich auf seiner Unterlage hervor, stand auf und reichte mir seine ölverschmierte Hand. Ich freute mich, denn ich hoffte auf Hilfe. Wir gingen hinüber zu meiner Maschine. Auf dem wohl für örtliche Verhältnisse langen Weg – mein Flugzeug stand vielleicht gut sechshundert Fuß entfernt – erzählte ich ihm meine Geschichte, zumindest eine Kurzfassung davon. Ich bemerkte, dass er ziemlich gerührt war. Er sicherte mir zu alles zu tun, um es mir zu ermöglichen, so schnell als möglich weiterzukommen, obwohl er noch nicht wusste, wo das Problem lag. Leider wusste ich es selbst nicht.

Professionell öffnete Henry, so stellte er sich mir vor, die Motorabdeckung. Dann stieg er ins Cockpit und versuchte das Triebwerk zu starten. Nichts geschah. Kaum verwunderlich in Anbetracht der nahezu vollständig entladenen Batterie. Während Henry noch auf der Suche nach dem Fehler war, setze ich mich auf den Boden und schrieb eine SMS. Ich war davon überzeugt, dass ich so schnell dort nicht wegkommen würde. Es sah nach einem größeren Problem aus.

Hi Greg, bin jetzt in Nuuk, hat alles gut geklappt. Das Flugzeug ist aber defekt und ich komme nicht weiter. Wird aber gerade repariert.
Melde mich, wenn ich weitergekommen bin. Kannst ja den anderen Bescheid geben.

David

Natürlich würde ich heute Abend meine Eltern anrufen, so wie vereinbart. Erzählen würde ich ihnen selbstverständlich nichts von den Problemen. »Hey David, komm doch mal!« rief mich Henry herbei. Er zeigte auf ein kleines Teil, ganz hinten im Motorraum. Es war gebrochen. »Das ist der Hebel, der zum Triebwerk führt und diesem sozusagen mitteilt, wieviel Leistung du haben möchtest. Ich kann mal schauen, ob wir ein Ersatzteil da haben.« Gemeinsam gingen wir zurück zum Hangar, Henry hatte das Teil bereits ausgebaut. In der Werft sprach er mit seinen Kollegen. Ich wartete davor und sah mich um und stellte mir die Frage, wie man sich in diesem Durcheinander von Kabeln und Rohrleitungen im geöffneten Triebwerk der großen Boeing 737, die direkt vor dem Eingang parkte, zurechtfinden kann. Flugzeugmechaniker wäre nie etwas für mich gewesen.

»Tut mir leid, wir haben das Teil nicht da. Aber ich habe es schon bestellt, heute Abend, spätestens morgen müsste es da sein«, lautete die ernüchternde Antwort des älteren Herrn, offensichtlich einem Kollegen oder sogar Vorgesetzten von Henry. Ich hatte es ja bereits erwartet. Dann bedankte ich mich bei den Wartungsleuten, die mir zusicherten umgehend Bescheid zu geben, sobald das Teil da sei. Ich ging zurück zum Flugzeug, lud einen Teil meiner Taschen, die ich für eine weitere Übernachtung brauchen würde, aus und lief zum Hotel.

Mein Zimmer, das ich erst vor wenigen Stunden verlassen hatte, war noch frei. Kein Wunder, nicht viele Menschen verirrten sich hierher. Die Stunden vergingen. Ich schaltete den Fernseher an. Eine Unterhaltungssendung brachte mich auf andere Gedanken. Ich genoss es, einige Stunden einfach abschalten zu können. War jedoch stets auf Abruf bereit. Es dauerte bis in die frühen Abendstunden. Als ich zum Fenster hinaussah, dämmerte es bereits, die wenigen Straßenlaternen brannten schon. Fast war es wie zu Hause an Weihnachten. Es war weiß, wie bei uns im Winter, dabei war es hier Sommer. Wie müsste es hier erst im Winter aussehen, fragte ich mich. Im selben Moment klingelte mein Handy. »Hi David, ich bin‘s Henry. Gute Neuigkeiten, wir haben das Teil und sind gerade dabei es einzubauen. Du kannst schon mal rüberkommen, wir sind gleich fertig. Ach, ja, wir haben die Maschine nochmals komplett durchgecheckt, so dass nun alles in Ordnung ist.«

So schnell ging es also. Immer in dem Moment, in dem man nicht daran denkt. Wenigstens hatte ich die Route bereits fertig geplant. Also checkte ich schnell aus und raffte meine Sachen zusammen. Sorgfältig kontrollierte ich nochmals alles. Es wäre schließlich nicht förderlich gewesen, unterwegs festzustellen, dass etwas Wichtiges fehlt. Eine weitere Verspätung und noch mehr Probleme würden dann entstehen.

Es ist eben nicht so einfach wie beim Auto. Alles war bereits erledigt, als ich einige Minuten später am Hangar eintraf. Ich wollte die Rechnung bezahlen. Henry meinte, ich solle es gut sein lassen. Seine Kollegen und er würden das begleichen. Es sei ihr Beitrag zu meinem Vorhaben. Als kleines Dankeschön für die lange Schicht gab ich Henry noch ein paar Tafeln von meiner Schokolade. Er freute sich sehr darüber und wünschte mir alles Gute. Ich machte mich auf den Weg ins Cockpit und hatte bereits die Türe geschlossen, als jemand von außen gegen die Scheibe trommelte. Es war Henry. Ich öffnete die Tür. »Hier das habe ich vorhin auf dem Boden gefunden. Ich dachte, es kann nur dir gehören. Du wirst es gut gebrauchen können.« Es war das Foto von Kate und mir, zwar etwas nass und schmutzig, aber wenigstens noch ganz. Mir schossen Tränen in die Augen. Schnell drehte sich Henry herum und verschwand. Ich schloss die Türe wieder und verstaute das Bild sorgfältig. So etwas sollte mir nicht wieder passieren. Irgendwie war ich mehr als erleichtert.

Nun konzentrierte ich mich auf das nächste Ziel. So schnell als möglich wollte ich in die Luft und vergaß sogar die obligatorische Prüfung vor dem Start. Egal, schließlich hatte ich noch nie ein größeres Problem erlebt. Dann befand ich mich wieder im Steigflug. Die wenigen vereinzelten Lichter der Straßenlaternen und der Häuser verschwanden. Vor mir lag nur die Schwärze der Nacht. Und gut zwölf Stunden Flugzeit bis Reykjavik. Die Winde, die mich schoben, waren so stark, dass ich laut Vorhersage fast vier Stunden sparen würde. Es war Nacht, so dunkel. Ich konnte mich nicht erinnern, jemals zuvor in einer solchen Dunkelheit in der Luft gewesen zu sein. In Montana gab es nicht viele Orte. Aber trotzdem waren immer wieder kleine, schwache Lichter zu sehen. Dennoch, es half, nicht ganz die Orientierung zu verlieren. Doch hier war nichts. Einfach nichts, finstere Nacht, pechschwarz, ich kam mir vor, als würde ich durch ein schwarzes Loch fliegen. Jetzt konnte ich nur hoffen, dass mich mein Flugzeug nicht verließ. Nicht ein einziger Fehler durfte passieren.

Ich dachte an Unfälle, deren Berichte ich studiert hatte, in der Hoffnung niemals dieselben Fehler zu machen. Immer war ich bemüht, aus den Fehlern anderer zu lernen. Es begann zu schneien. Kein Wunder, ich war auf fünftausend Fuß, es waren gerade einmal vierzehn Grad Fahrenheit. Das war bei weitem unter dem Gefrierpunkt. Ich flog nun durch ein Schneetreiben, mitten in der Nacht, draußen war es eiskalt, im Flugzeug war es nicht viel wärmer, trotz meiner warmen Kleidung und ich hatte keinen Vereisungsschutz. Wenigstens hatte ich eine Taschenlampe, mit der ich mehrmals nach draußen auf die Flügel leuchtete und sah, dass sich dort noch kein Eis gebildet hatte. Ich musste auf die Uhr sehen und dies alle fünf Minuten nachprüfen. Langsam wurde die Batterie meiner Taschenlampe schwach.

Ich fühlte mich unsicher. Das konnte nicht sein. So schnell wie möglich musste ich mich wieder beruhigen. Sonst würde ich vielleicht etwas übersehen, eine Kleinigkeit, oder ich würde vergessen den Tank zu wechseln. Das durfte nicht passieren. Plötzlich kam mir »American Pie« in den Sinn, der alte Song. Nicht das noch. An solche Sachen durfte ich jetzt nicht denken. Es war seltsam, wirklich beängstigend, sich in einer ähnlichen Situation zu befinden, in der damals, vor Jahrzehnten, der junge Pilot war, an dem Tag, als die Musik starb.

Einmal, vor langer Zeit, als kleiner Junge, war ich mit meinem Vater dort gewesen. In Iowa. An der Stelle, am Gedenkstein. Ich hatte es mir damals sehr gewünscht, einmal diese Stelle zu besuchen, ich wusste nicht warum, viel hatte ich über den furchtbaren Absturz gelesen. Wie schrecklich musste es gewesen sein. Doch niemals konnte ich verstehen, wie sich ein Pilot in einer solchen Situation fühlt. Jetzt fühlte ich es selbst, am eigenen Körper. Ich spürte, wie mein Rücken kalt wurde. Verzweifelt versuchte ich, die Gedanken zu verdrängen. Meine Blicke wanderten ständig über die Instrumente. Horizont, Altimeter, Fahrtmesser, Kompass. Alles war in Ordnung. Das beruhigte mich ein wenig. Nie durfte ich es dazu kommen lassen, dass meine Instrumente etwas anzeigen, was ich nicht mehr verstehen konnte. Dann wäre es zu spät. Ich hätte die Oberhand verloren, wäre der räumlichen Desorientierung verfallen. Es erschien als nahezu unmöglich, die Orientierung in der Nacht, in meiner Situation, wieder zu erringen.

Doch plötzlich, innerhalb weniger Minuten wendete sich das Blatt. Plötzlich war alles anders. Ich wurde vor eine fliegerische Herausforderung gestellt und es gab keinen Weg, dieser zu entrinnen. Ich war direkt in einen Sturm geraten, der wohl nahezu alle Arten von Niederschlag zu bieten hatte. Doch am schlimmsten war der Hagel, der unaufhörlich mit schrecklicher Gewalt auf die Kabinendecke einschlug und kein Ende zu finden schien. Das Geräusch war schrecklich. Ich hatte das Gefühl, jeden Moment könnte es die Decke wegreißen und ich würde hinausgezogen in das große Schwarz.

Dazu kamen die immensen Turbulenzen. Die wahre Kraft der Natur bekam ich in vollem Ausmaß zu spüren. Es waren sehr starke Turbulenzen, stärker als ich sie je zuvor erlebt hatte. Denke rational! sagte ich mir. So wie es mein Fluglehrer immer gesagt hatte! Turbulenzen können einem Flugzeug nichts anhaben – im Normalfall. Piloten müssen beim Einflug in Turbulenzen die Geschwindigkeit reduzieren. Dann ist das Risiko geringer, dass Schäden am Flugzeug entstehen.

Ich versuchte es, aber die Winde waren so stark, dass meine Nadel am Fahrtmesser ständig umhersprang. Ich hatte Angst, denn ich wusste nicht mehr was ich tun sollte. Wurde ich zu schnell, war es möglich, dass die

Flügel abrissen, war ich zu langsam konnte es zu einem Strömungsabriss kommen und es bestand die Möglichkeit, dass ich unter diesen Bedingungen nicht in der Lage gewesen wäre, die Maschine wieder abzufangen. Ich war hilflos. Nie sollte ein Pilot hilflos sein, doch ich war es. Noch nie zuvor hatte ich derart starke Winde erlebt, ich hatte gar bezweifelt sie wären überhaupt existent. Jedenfalls in einer solchen Situation. Was konnte ich nur tun?

Sollte das Triebwerk versagen und ich würde in die eisig kalte See stürzen, so hoffte ich dies nicht mehr erleben zu müssen. Wie schrecklich musste das sein, ohne Hoffnung auf Rettung in dreißig Fuß hohen Wogen in einem Sturm in der Nacht im Nordatlantik zu treiben.

Hatte ich den Schrecken des Amoklaufs überlebt, um jetzt hier, hunderte Meilen von meiner Heimat entfernt, einen furchtbaren Tod zu sterben? Das konnte doch nicht wahr sein. Was für einen Sinn hätte dann überhaupt mein Überleben gehabt? Plötzlich wusste ich, dass es nicht passieren konnte. Kate war bei mir. Ich hatte viele Filme gesehen, damals mit Kate im Kino.

Filme über Katastrophen und Abenteuer hatten uns immer gefallen. Ich erinnerte mich besonders an einen sehr emotionalen Film. Es ging um den Untergang eines kleinen Fischerbootes in einem furchtbaren Sturm. Um Rettungsschwimmer, die ohne Rücksicht auf das eigene Leben aus dem Hubschrauber der Küstenwache in die Wellen sprangen, um das Leben der Seeleute zu retten. Ich habe sehr großen Respekt vor diesen Menschen, die alles riskieren, um das Leben anderer zu retten. Das Gefühl, welches diese Menschen wohl haben mussten, in einem solchen Sturm, das konnte ich jetzt teilen. Es war schrecklich. Der einzige Unterschied zwischen den Rettern und mir war aber offensichtlich, dass ich mich selbst in diese Situation gebracht hatte. Es gab keinen ernsthaften Grund, abgesehen von emotionalen Gründen, für diesen Flug. Dieses Risiko. Mir würde es schwerfallen, im Fall der Fälle, über Funk um Hilfe zu rufen, allein wenn ich daran dachte, andere Menschen, die mich retten wollten, in Lebensgefahr zu bringen.

Hier, wo ich mich gerade befand, würde kein Hubschrauber zur Hilfe eilen, kein Rettungsschwimmer könnte mir helfen. Zu weit wäre die nächstgelegene

Basis entfernt, ich wusste nicht einmal, wo sich diese befand. Broken Arrow – der Code für ein Heer in Not kam mir in den Sinn. Ich hatte einen Film gesehen. Jetzt war ich selbst in Not. Aber niemand konnte mir helfen. Nur ein Wunder. Ich setzte eine Blindmeldung ab, vielleicht hörte es irgendjemand auf der internationalen Notfrequenz. One two one point five. Immer wieder hatte sie mir mein Fluglehrer eingeredet. Bis ich sie mir merken konnte. »Mayday, Mayday, Mayday, Neun-Drei-Kilo, Steuerungs- und Navigationsprobleme, erbitte nächsten Flugplatz – Hilfe!« Noch nie zuvor hatte ich etwas Derartiges gemacht. Es war mir ein wenig mulmig, ich hatte Sorge vielleicht zu übertreiben. Auf keinen Fall wollte ich jemanden ohne Notwendigkeit in Alarm versetzen, aber ich brauchte Hilfe, einen Menschen mit dem ich reden konnte.

Plötzlich hatte ich das Gefühl, Kate sei mir ganz nahe. Ich hörte ihre Stimme. Ich sah sie. Es war unglaublich. Unbeschreiblich. Sie flüsterte mir zu. Erst konnte ich es nicht verstehen. Dann wurde ihre Stimme lauter: »David, wir sind bei dir, du bist sicher, du bist direkt unter den Flügeln der Engel. Wir beschützen dich!« Meine Angst schien in einem Moment verschwunden zu sein. Ich spürte, dass ich es schaffen würde. Es bestand kein Zweifel. Und dann geschah das Wunder, ich hielt es zunächst für Einbildung. »Neun-Drei-Kilo, hier ist Northwest Sieben-Acht. Wir haben Sie auf unserem Schirm, Sie sind nur wenige Meilen von einem Flugplatz entfernt. Steuern Sie Kurs Drei-Drei-Null und in zehn bis fünfzehn Minuten sind Sie dort.«

Eine große Passagiermaschine mit mehreren hundert Menschen an Bord hatte meinen Hilferuf gehört. Ich bedankte mich und hielt mich an den Kurs. Dann sah ich auf meiner Karte nach. Kaum zehn Minuten waren vergangen und ich landete in Ammassalik, Island hatte mich wieder. Kaum zu glauben, aber ich lebte. Wirklich realisieren würde ich es wohl erst später.

Jim hatte Recht behalten. Immer waren große Passagierflugzeuge auf dem Weg zwischen den Staaten und Europa. Die Gemeinschaft der Fliegerei macht keinen Unterschied in der Größe des Fluggeräts. Jeder hilft jedem, egal ob er eine Boeing 747 fliegt, oder eine kleine Piper. In der Welt der Fliegerei scheint es anders zu sein, als in der sonstigen Welt. Man weiß, dass immer jemand für einen da ist. Ein Gefühl, das ich jetzt hautnah erleben durfte. Und ich glaube, Kate war es, die dabei half, dass ich es schaffte anzukommen, zurück auf die rettende Erde.

Die Nacht verbrachte ich wiederum in einem Motel. Am Morgen war ich gut erholt. Der Sturm hatte sich in der Zwischenzeit verzogen. Wir hatten strahlend blauen Himmel. Es war wie so oft. Nach einer Krise kommt der Neuanfang. Mir war mulmig zumute, als ich wieder das Cockpit bestieg. Aber es machte keinen Sinn zu zweifeln, sich ständig den Kopf zu zerbrechen, was geschehen könnte. Es zählt nur was geschieht und welche Handlungen erforderlich sind. Rationales Denken ist wichtig. Ansonsten macht, so denke ich, das Leben, jedenfalls so wie ich es lebe, wenig Sinn. Man könnte dann auch gleich im Bett liegen bleiben. Die Welt ist einfach zu gefährlich, wenn man genauer darüber nachdenkt.

All die trüben Gedanken waren verflogen, als ich mich wenige Momente später wieder in meinem Element befand. Eines der größten Dinge für mich war wieder in Erfüllung gegangen. Ich flog. Reykjavik war noch einige Stunden entfernt. Überall sah ich Eis. Eisfelder, so groß wie Städte, manche schienen kein Ende nehmen zu wollen. Im August treiben solche riesigen Eisfelder in den Süden, in ihr Verderben. Dieses Eis, das wohl sauberste Süßwasser der Welt, lag seit Millionen von Jahren im Norden und jetzt ist es nur noch eine Frage der Zeit, wann es sich mit dem Salzwasser des Ozeans vermischt und ein großartiges Andenken an die Erdgeschichte unwiederbringlich zerstört ist.

Ich ließ es mir nicht nehmen tiefer zu gehen, um so einen Blick auf diese riesigen Kunstwerke zu werfen. Das was ich sah stimmte mich traurig. Ich sah Eisbären, deren Heimat zerstört wird. Eisbären an einem Ort, an dem sie eigentlich gar nicht sein dürften. Ihre Heimat liegt weiter nördlich, während ihr Lebensraum in den zerstörerischen Süden strömt, wo ihn die wärmeren Gewässer zum Schmelzen bringen. Nichts bleibt mehr übrig von ihrem einstigen Lebensraum und die Tiere sind gezwungen sich eine neue Heimat zu suchen. Ihr rechtmäßiges Zuhause wird immer kleiner, schwindet von Jahr zu Jahr und treibt in den Süden. Bis es irgendwann kein Eis mehr geben wird. Und keine Tiere mehr.

Ich erinnerte mich an meine Kindheit, als mir mein Vater von den Grizzlybären erzählte. Die wundervollen Tiere, die früher einmal dort lebten, wo wir heute wohnen. Sie wurden verjagt, getötet und abgedrängt in den Norden. Ich erinnerte mich an das, was mir Kate immer und immer wieder erzählte. Ich spürte Tränen in meinen Augen. Ich fühlte Trauer. Es war an der Zeit zu handeln. Doch was konnte ich als einzelner unbedeutender Mensch überhaupt tun, wenn es selbst die Regierungen der größten Länder dieser Welt nicht schafften oder schaffen wollen, etwas zu ändern. Kate sagte immer, die kleinen Schritte seien die wichtigsten. Aber wo beginnt man?

Warum sollte ich nicht das Interesse ausnutzen, das die Menschen in meiner Heimat an meiner Reise zu haben schienen? Es gibt nichts schöneres, größeres, besseres, als das, was uns gegeben wurde. Unsere Natur. Bevor ich Kate kennen lernte hatte ich mir nie Gedanken über unsere Natur gemacht. Doch Kate öffnete mir die Augen für die Dinge, die in unserer Welt schieflaufen. Ich würde nun der Organisation helfen, für die sich Kate so sehr interessiert hatte. Und ich wollte all dem Schrecklichen einen positiven Sinn geben.

Zwanzig Tausend Meilen waren es im Ganzen, achtzehn Tausend lagen noch vor mir. Eine Reise, deren Dauer mich ein wenig daran erinnerte, was ich in der Schule immer gedacht hatte. Immer im Sportunterricht, beim Laufen einer Meile hatte ich das Gefühl gehabt, es würde nie enden. Betrachtet man jedoch nicht die Distanz, sondern jeden einzelnen Moment, dann wird einem bewusst, es zählt eben nicht das Ziel, sondern der Weg dorthin.

Ich war plötzlich voller Energie. So schnell wie möglich wollte ich nach Europa. Kates Traum würde wahr werden, dafür würde ich alles tun.

Europa. Noch nie zuvor war ich dort gewesen. Ich wusste nur sehr wenig über diesen Kontinent und seine Länder. Dass es in Paris den Eifelturm gab. Und in Deutschland das Oktoberfest. Immer mal wieder war Europa in den Schlagzeilen im Fernsehen oder in der Zeitung. Aber wirklich ernsthafte Gedanken über diesen Kontinent habe ich mir, bevor das alles begann, nie gemacht. Für uns so fremd, aber doch so nah.

Vor zwei Tagen bin ich bereits in England angekommen. Der Flug über den Atlantik verlief ruhig und problemlos. Besser als ich gedacht hatte. Biggin Hill hatte mich begrüßt, ich fühlte mich, als sei ich schon einmal hier gewesen. Das erste Mal, seit ich meine Heimat verlassen hatte, stand mein kleines Flugzeug wieder in einer Reihe von vielen Jets. Hier gab es eine Menge von eiligen Geschäftsleuten, die mit ihren Privatfliegern zu den Wirtschaftszentren Europas unterwegs waren.

Es war Zeit für eine Pause von der Fliegerei. Die erste Nacht verbrachte ich in einem richtigen Hotel. Dann gönnte ich mir einen freien Tag in London. Die Pause tat mir gut. Noch nie zuvor war ich in einer so andersartigen Stadt gewesen. Vieles war mir fremd. Der Straßenverkehr auf der anderen Seite, die englische Art, und das beständig schlechte Wetter. Seit ich angekommen war, hatte ich die Sonne noch kein einziges Mal erblickt.

Ich wollte die Organisation suchen, deren Adresse Kate aufbewahrt hatte. In ihrem Notizbuch, das mir ihre Mutter mit auf meine Reise gegeben hatte. Meine Eltern hatten mit dem Vorsitzenden bereits Kontakt aufgenommen. Kate war überzeugt von der Organisation und dass hier kein Eigennutz im Vordergrund stand. Ich machte mich auf den Weg. Der Taxifahrer, ein freundlicher Inder, erzählte mir spontan von London, von seinem Leben und wie er hierher gekommen war. Dann fragte er mich, was ich in London zu tun hätte. »Das ist eine lange Geschichte« antwortete ich. Ich wollte ihm nicht alles erzählen. Zu beschäftigt war ich mit meinen Gedanken, was mich erwarten würde, was ich sagen sollte, wenn ich ihm begegnen würde.

»Hier müsste es sein – das ist es!«, rief der Taxifahrer plötzlich. Im ersten Moment sah ich nichts. Erst auf den zweiten Blick tauchte hinter einer Vielzahl von prächtigen, wunderschönen Bäumen ein kleines Gebäude auf. Es war ein beschauliches Wohnhaus, gebaut aus Ziegelsteinen und fast vollständig bedeckt mit kräftigem Efeu. Was für eine Art zu leben. So viel Natur, das eigene Haus gleich einer Höhle inmitten des Grüns - Kate hätte es geliebt.

Ich stieg aus dem Taxi und gab dem Fahrer Bescheid, dass er nicht zu warten brauchte. Es sollte kein Problem sein, wieder zurück zum Hotel zu finden. Langsam tastete ich mich heran und öffnete das verzinkte, schwere Tor. Auf dem Pfeiler daneben entdeckte ich eine goldene Glocke. Einen kurzen Moment später ertönte aus der Sprechanlage die dunkle, aber freundliche Stimme eines wohl älteren Herrn, der höflich fragte: »Ja, bitte?« »Guten Tag, mein Name ist David Young. Ich komme wegen Kate, Kate Miller. Sagt ihnen der Name etwas?«

Am anderen Ende war es kurz still. Dann sagte er: »David, warte – ich komme!« Langsam öffnete sich die schwere hölzerne Haustür, ein Mann trat heraus. Er lief in meine Richtung und öffnete das Tor. Dann stand er vor mir und lächelte mich an. Er hatte lange, graue

Haare. Keine Frage, das musste Yves sein. Kate hatte den Namen Yves in ihrem Notizbuch vermerkt.

Yves war Fotograf. Bekannt geworden war er durch seine Aufnahmen in den Nationalparks von Afrika. Vor nicht allzu langer Zeit hatte er einen Film über unsere Erde und die Zerstörungen durch den Menschen gedreht. Dadurch war er noch bekannter geworden. Damals hatte ich mir diesen Film im Kino mit Kate angesehen. Wie immer hatte sie mich dazu überredet. Als wir damals den Kinosaal verließen, war ich tief beeindruckt von der Vielfalt, der wundervollen Schönheit unserer Erde. Ich denke, dieser Film war einer der Auslöser für unseren Plan.

Yves bat mich ins Haus hinein. Das Wohnzimmer war schlicht, aber gemütlich. Ein großer Kamin mit einem wärmenden Feuer befand sich gegenüber einem hölzernen Tisch, an dem wir Platz nahmen. »Kate hat mir vor einiger Zeit einen Brief geschrieben, der anders war, als die vielen anderen. Er hat mich tief berührt«, fing Yves an zu erzählen. Dann stand er auf und ging zu einer Truhe.

Behutsam öffnete er sie und holte Kates Brief heraus. Yves begann ihn mir vorzulesen:

Lieber Yves,
mein Name ist Kate Miller. Ich komme aus den Vereinigten Staaten, genauer aus Montana.
Ihre Filme habe ich alle gesehen. Ich finde sie einfach wundervoll. Es ist so gut zu wissen, dass jemand etwas tut, endlich etwas Richtiges.
Ich versuche seit Jahren, Menschen davon zu überzeugen, dass wir unsere Erde gut behandeln und ihre Schätze bewahren müssen. Aber ich habe das Gefühl, niemand versteht mich. Mich will einfach niemand ernst nehmen, manche lachen mich aus. Sogar mein eigener Freund macht sich manchmal lustig über meinen »Wahn«, wie er es nennt. Mache ich vielleicht etwas falsch?
Ich kann es einfach nicht ertragen, ich kann nicht verstehen warum wir unsere Heimat so zerstören, Tiere in Massenhaltung quälen, um sie dann für den Großmarkt zu töten. Es grenzt an Verzweiflung, weil ich einerseits die Hoffnung habe, dass, wenn alle zusammenarbeiten, wir es doch noch schaffen können, den Klimawandel zu verhindern. Andererseits habe ich

Angst, dass es schon zu spät ist, wir nichts mehr tun können.
Wie machen Sie es? Wie schaffen Sie es, niemals den Mut zu verlieren, immer weiterzumachen, nie aufzugeben?
Es wäre eine riesige Freude für mich, wenn Sie mir vielleicht sagen können, wie Sie es machen und für sich selbst einen Weg gefunden haben. Es würde mir sehr viel bedeuten.

Herzliche Grüße
Kate Miller, Montana, USA

Nachdem er mir diesen Brief gezeigt hatte, den ersten von einem ganzen Stapel, verstand ich was er meinte. Ich sah, wie aus dem Schriftverkehr eine wahre Freundschaft wurde. Mir wurde bewusst, dass mein Aufenthalt bei Yves länger dauern würde. Ich stellte mich darauf ein, denn ich war so vertieft in die Briefe, ich wollte alles sehen, alles erfahren. Es wurde Abend. Die Dämmerung setzte ein. Es wurde spät, aber ich war nicht müde. Yves hatte mir angeboten, bei ihm zu übernachten. Die Hälfte der Briefe hatte ich schon gelesen. Doch ich wollte sie alle lesen. Und dann fand ich etwas. Meine Hände begannen zu zittern, mein Rücken wurde kalt. Wie sehr ich ihre Schrift liebte. Sie war so wundervoll, dagegen war meine eine Schande. Den Brief schrieb sie ein halbes Jahr bevor es geschah. Er war anders als die anderen. In dem Brief schrieb sie von einem Traum, einem Alptraum, den sie hatte. Sie hatte mir nie etwas davon erzählt. Sie erzählte Yves, was sie gesehen hatte. Sie hatte Angst. Ich merkte es, Zeile für Zeile. Verdammt! Warum hatte sie es mir nicht gesagt? Ihr Traum handelte von einem Mann, der an der Tür stand. Es war die Tür eines Klassenzimmers. Er schoss. Alles wurde dunkel.

Es fiel mir schwer zu glauben, was in dem Brief geschrieben stand. Und dann fing ich an nachzudenken. Ich suchte in meinem Gedächtnis, ob sie nicht doch etwas gesagt hatte und ich es womöglich nicht ernst genommen hatte. Ich bin ein rational denkender Mensch. Ich glaube an die Wissenschaft, nicht an übernatürliche Dinge. Ich bin auch nicht sonderlich religiös. Irgendwie habe ich meinen eigenen Weg, versuche die Welt so zu nehmen wie sie ist. Aber dennoch gab es hin und wieder Momente, seit Kate nicht mehr da war, die seltsam waren. Die nicht mit meiner Denkweise zusammenpassten. Wie konnte das sein?

Früher, lange bevor uns das passiert war, hatte ich immer wieder Dokumentationsfilme über Autounfälle, Flugzeugabstürze und so weiter gesehen. Die Menschen, die das überlebt haben erzählen oft von Vorahnungen, von Eingaben. Ich hielt das immer für eine Methode der Sender, die Zuschauer an den Bildschirm zu fesseln. Aber dass dies alles wirklich so war, wie Kate es aufgeschrieben hatte, war unglaublich. Natürlich hätte ich nun anfangen können, dies wissenschaftlich erklären zu wollen. Die Zufallstheorie konnte mich aber nicht mehr überzeugen. Das was in dem

Brief geschrieben stand, war die Realität gewesen. Es konnte kein Zufall gewesen sein.

Kate hatte mit Sicherheit keine übernatürlichen Kräfte. Oder vielleicht doch? Nein, ich denke, sie war einfach eine für alles aufgeschlossene Persönlichkeit, mir weit überlegen, die alles so nahm wie es war und versuchte, das Schlechte auf diesem Planeten ins Gute zu wandeln. Es war mittlerweile fast Mitternacht. Wir hatten beinahe alle Briefe durch. Yves wollte mich nicht mehr gehen lassen. Nachts sei es gefährlich in London. Er bot mir an, im Gästezimmer zu übernachten. Es blieb mir eigentlich auch nichts anderes übrig, obwohl ich seine Gastfreundschaft nicht überstrapazieren wollte. Er zeigte mir mein Zimmer - ein großes, ganz mit Holz verkleidetes - und brachte mir einen Tee. Meinen Rucksack stellte ich in die Ecke, genau neben den kleinen dunkelbraunen Nachttisch mit der schönen alten Leuchte. Nun war ich müde.

Yves und ich hatten einen Plan geschmiedet. Wir wollten in Kates Namen ein Umweltprojekt ins Leben rufen. Morgen würden wir in das Finanzviertel fahren, um ein Konto zu eröffnen. Nach dem obligatorischen

Telefonat mit meiner Mutter legte ich mich ins Bett. Ich fühlte mich fast wie zu Hause. So geborgen hatte ich mich noch nie gefühlt, außer zuhause.

Am nächsten Morgen wollten wir früh los. Yves weckte mich gegen halb sieben. Er hatte ein typisch englisches Frühstück zubereitet. Wie sollte ich ihm das nur danken. Sofort nach dem Frühstücken fuhren wir los. Der betagte Mini ratterte fröhlich vor sich hin. Es war ein ganz anderes Gefühl, in einem solch kleinen Auto zu fahren. Es muss nicht immer so groß sein, wie bei uns. Es geht auch anders. Yves‘ Fahrstil hingegen war alles andere als britisch langweilig. Ich musste mich ordentlich festhalten und hatte Bedenken, ob der Gurt halten würde. Aber ich hatte Vertrauen zu ihm, zu einem Menschen, den ich einen Tag zuvor kennengelernt hatte.

Es war ein großes Gebäude im Finanzviertel der Millionenmetropole. Ich fühlte mich irgendwie unwohl an diesem Ort. Ich mag solche Prunkbauten nicht. Yves steuerte zielstrebig auf den Haupteingang zu. Er hatte einen Termin mit seinem Banker vereinbart. Mit dem Aufzug fuhren wir einige Stockwerke nach oben.

Schließlich saßen wir im Büro eines Mannes im Anzug mit Schlips und gegeltem Haar.

Er sah die ganze Zeit nur Yves an. Irgendwie hatte ich das Gefühl, nicht für voll genommen zu werden. Wahrscheinlich wegen meines Alters, meiner äußeren Wirkung oder sonst was. Ich konnte es nicht leiden. Am liebsten wäre ich sofort aufgestanden und gegangen. Es dauerte nicht lange, dann war das Konto eröffnet, noch ein kleines Werbefoto, Händeschütteln, und ab ging es wieder in den Fahrstuhl. Nachdem wir wieder draußen waren, sprachen Yves und ich nochmals alles in Ruhe durch. Ich genoss es, zu Fuß durch die Straßen von London zu gehen. Unterwegs aßen wir eine Kleinigkeit: Fish and Chips. Ich liebte es.

Wir wollten nun in jedem Land, in dem ich landete, Spenden sammeln. Über die Öffentlichkeitsarbeit brauchte ich mir keine Gedanken machen, denn alles würde Yves übernehmen. Meine einzige Aufgabe bestünde darin, medienwirksam zu agieren. Das Spendenkonto würde weltweit veröffentlicht werden. Die Kontonummer sollte auch auf mein Flugzeug geklebt werden. Ich hatte schon oft von Menschen gehört, von

Fliegerkameraden, die die Welt für einen guten Zweck umrundeten. Doch niemand hatte wirklich davon erfahren. Alles scheint am richtigen Marketing zu liegen. Ich war gespannt, auf das was mir bevorstand, jetzt nachdem Yves einiges ins Rollen gebracht hatte.

Neben den Spenden für die Organisation ging es mir aber um etwas anderes, für mich bedeutenderes. Der Bitte eines Mitarbeiters von Yves, ich solle die Konzentration von Schadstoffen in der Luft messen, würde ich natürlich versuchen nachzukommen. Noch nie war ich gut gewesen in Physik, Biologie oder Chemie, aber ich würde mein Bestes geben. Über jedem Land, das ich überflog. So konnte ich auch etwas für die Wissenschaft tun.

Der Weiterflug stand an. Meine eigentliche Mission begann. Nun war das Fernsehen da, schon heute Morgen hatte ich mein Flugzeug mit den Aufklebern von Yves‘ Organisation bestückt. Ich hoffte, Jim würde es mir nicht übelnehmen, dass ich sein Flugzeug so verunstaltete. Abfliegen musste ich am Abend zu Beginn der Nacht, weil dies die beste Sendezeit war, und so die meisten Menschen erreicht werden konnten.

Ich musste kein Interview geben, stattdessen arbeitete ich mich durch die Checkliste voran. Zugegebenermaßen war ich etwas nervös. Endlich startete ich. Der Himmel war in den unterschiedlichsten Farbtönen von Gelb, über Orange bis leuchtendes Rot gefärbt. Mein Weg führte mich hinein in die untergehende Sonne. Unter mir sah ich das Lichtermeer der Großstadt, Staus auf den Straßen, die Schiffe auf der Themse. Hier herrschte eine andere Atmosphäre als zuhause. Es war anders, aber genauso schön.

Dann sah ich etwas in der Ferne. Es sah aus wie ein riesiges Glühwürmchen mit verschiedenen blinkenden Lichtern. Ich flog näher heran und umkreiste das Objekt. Es war der »Spirit of Europe«, ein Luftschiff, oder besser Blimp genannt, eines großen Reifenherstellers, mit dessen Reifen eigentlich fast alle Autos ausgestattet sind. Wir Piloten grüßten uns. Dann flog ich weiter. Noch nach mehreren Dutzend Meilen konnte ich ihn sehen.

Es wurde langsam Nacht. Die Lichter der Städte lagen hinter mir, ich war über dem Ärmelkanal. Doch die Küste von Frankreich war bereits in Sicht. Obwohl ich ursprünglich geplant hatte, Paris - die Stadt der Liebe und laut Jim die schönste Stadt Europas - zu besuchen, hatte ich mich entschieden, direkt nach Deutschland weiterzufliegen.

Ja, der gute alte Jim. Mir wurde bewusst, wie bedeutend schwerer ich es ohne seine Hilfe gehabt hätte. Und jetzt war ich hier, auf der anderen Seite des Großen Teichs und hatte das geschafft, vor dem ich die größte Furcht hatte. Ich nahm Kurs auf Hamburg. Wieder einmal wurde ich von einer wundervollen Atmosphäre begrüßt. Das Lichtermeer der vielen Schiffe im Hafen: die Stadt zeigte sich von ihrer schönsten Seite. Ich fühlte mich willkommen, fast wie zu Hause und dabei war ich nur auf der Durchreise. Die Organisation von Yves hatte einige Journalisten in Hamburg von meinem Flug informiert. Sie waren zum Flughafen gekommen, machten einige Fotos von mir und stellten mir ein paar Fragen. Sie waren außerordentlich freundlich und nicht aufdringlich. Die ganze Aktion war auch ziemlich schnell vorbei.

Morgen würde ich endlich den riesigen Zusatztank entfernen lassen, der den meisten Platz in meinem ohnehin kleinen Flugzeug beanspruchte. Alles lief nach Plan. Mein Flugzeug blieb für einen Tag in der Werft des Flughafens und die Mechaniker leisteten gute Arbeit. Der Ersatztank wurde dann mit dem Schiff zurück in meine Heimat geschickt. Ich würde ihn nicht mehr brauchen.

Vor dem Weiterflug legte ich den Barograph, ein Gerät das ständig die Höhe aufzeichnet, auf den Rücksitz. Er war äußerst wichtig für die Messungen, wie mir Daniel, der Wissenschaftler, glaubwürdig versicherte. Er störte mich nicht wirklich, aber das Geräusch war dennoch manchmal nervig, er tickte wie eine Zeitbombe. Es gab nicht einmal einen Schalter, um das Ticken zu beenden.

Während ich durch Europa reiste, erkannte ich die mir unbekannte Vielfalt dieses Kontinents. So viele Sprachen, so viele unterschiedliche Kulturen waren mir fremd. Immer wieder hatte ich Kontakt mit Yves. Fast schon zu viel. Er hielt mich regelmäßig über den aktuellen Stand der Dinge auf dem Laufenden. Über die ganze Welt verteilt schien er ehrenamtliche Helfer zu haben, denn überall wurde ich herzlich empfangen und fand bei Familien privaten Unterschlupf. Die internationale Presse zeigte immer größeres Interesse an meiner Aktion. Dank Yves wurde mir jeweils vor Ort von seinen Mitarbeitern schon sehr viel PR-Arbeit abgenommen. Ich musste oft nur noch in die Kameras lächeln.

Einige Wochen später war ich bereits in Israel. Yves rief mich an, mit einem besorgten Unterton. Er sagte mir, dass die Berichte in den Medien in den vergangenen Tagen weniger geworden seien. Für mich war es gut, dass nicht mehr so viel berichtet wurde. Ich war in der Zwischenzeit medienmüde und brauchte dringend eine Pause von alledem. Dennoch schien das Ganze aber wohl doch einen finanziellen Erfolg zu haben. Ich selbst jedenfalls hatte im Ernst nie geglaubt, dass es tatsächlich Menschen gab, die für unsere Sache etwas spenden würden. Kate hatte wieder einmal Recht gehabt. Sie hatte immer Recht.

Während der Etappen, die ich flog, sprach ich viel mit ihr. Mitunter diskutierte ich mit ihr über den Sinn und Zweck dieser Aktion. Ich weiß, sie konnte mir nicht direkt antworten. Aber irgendwie hatte ich das Gefühl, dass ich wusste was sie antworten würde. Jedenfalls erhielt ich auf meine Fragen immer Antworten. Die meisten Menschen sind am Naturschutz nur dann interessiert, wenn sie Geld damit machen können. Diesen Satz hatte mir Kate oft gesagt. Ich plagte mich immer wieder mit dem Gedanken, ob nicht doch irgendwo ein Haken an Yves‘ Organisation zu finden war. Ob das alles so gut war, wie es schien.

Warum meine Reise in Zusammenarbeit mit einer Naturschutzorganisation einher ginge, hatte mich einer der Reporter gefragt. Warum? Weil ich es Kate schuldig war. Aber das wollte ich niemandem erzählen, nicht den Medien. Das war meine Herzenssache. Es war eine Sache, die niemand außer uns jemals verstehen würde. So gab ich das weiter, was Kate sagen würde: »Wissen Sie, es geht mir nicht direkt um den Klimawandel. Es geht mir nicht darum, dass sich Bewohner von ein paar Südseeinseln ein neues Zuhause suchen müssen. Es geht darum, dass man das was einem anvertraut, geliehen wurde, nicht behandelt als würde es nichts bedeuten. Die Erde ist ein Juwel, eine Insel in der Unendlichkeit des Weltalls. Ich glaube ohne den wundervollen Anblick, den ich aus meiner

Welt am Himmel habe, wäre mir dies niemals so intensiv bewusst geworden.«

Meine Reise ging weiter. Ich sah die Orte, die ich nur aus den Nachrichten kannte, mit meinen eigenen Augen. Den Gazastreifen, Jerusalem und die Wüste von Jordanien. Ich hatte sie festgehalten mit meiner Kamera: aus der Luft sehen diese Orte so friedlich aus, beinahe schon verschlafen. Einmal mehr der Beweis für die Existenz zweier Welten, dem friedlichen Himmel und der Erde voller Gewalt. Überall flogen mir die Herzen entgegen und die Techniker gaben ihr Bestes, um meine Maschine in Topform zu halten.

Irgendwann war ich über der Wüste von Saudi-Arabien. Yves‘ Organisation half mir in all dem Papierkrieg, der mich teilweise an den verschiedensten Orten erwartete. Wieviel Glück ich doch hatte, dachte ich. Dann musste ich plötzlich an Ägypten denken. Wir kennen dieses Land irgendwo weit im Osten nur wegen seiner Pyramiden. Doch es hat so viel mehr zu bieten. So viel mehr an Erfahrungen. Und ich machte mir Gedanken über das Wasser, das wir täglich verschwenden und das dort fehlt, wie es auch an anderen

Stellen der Erde dringend fehlt. Die Armut machte mir Angst. Und dabei war ich überzeugt, noch lange nicht alles gesehen zu haben. Aber das was ich bisher auf meiner Reise gesehen hatte, reichte für mein schlechtes Gewissen.

Am Flughafen in Kairo hatte ich einen jungen, freundlichen Mann, vielleicht Mitte dreißig, kennengelernt. Er war Iraker. Rasul war sein Name. Sein Land musste er verlassen. Zurück in seine Heimat konnte er nicht mehr. »Sie würden mich umbringen« meinte er. Seine Familie hatten sie bereits umgebracht. Seine beiden Töchter und seine Frau. Alles was er hatte, haben sie ihm genommen. Dann ist er geflohen. Nur Sekunden hatten gefehlt. Sie hatten auf ihn geschossen. Ein kleiner Streifschuss an seinem Arm. Mehr trug er äußerlich nicht davon, aber die seelischen Wunden blieben. Wir hatten etwas gemeinsam: den Streifschuss am Arm. Doch ihm hatte zunächst niemand versucht zu helfen. Er hatte keine Sanitäter, keine Polizisten, keine Psychologen. Nur sich selbst und seinen Glauben.

Er kam nach Ägypten, um den Menschen dort zu helfen. Den Menschen, die versuchten die Probleme dieses Landes zu lösen. Wir aus dem Westen werden das wohl niemals verstehen können, wir verstehen sowieso sehr wenig, nur das, was wir verstehen wollen. Aber wir verstehen sie nicht wirklich, all die anderen Länder, Sitten, Bräuche und Mentalitäten. Wir versuchen ihnen immer unsere westliche Art aufzudrängen. Mitunter ist das aber nicht unbedingt das Beste für die Welt.

Rasul hat mich tief beeindruckt. Ich glaube ein solches Schicksal ist schlimmer als der Tod. Trotzdem geht das Leben weiter. Ich schaute nach unten und sah die unendliche Wüste. In der Ferne konnte ich Flammen erkennen. Die Flammen der Ölfirmen. Nichts scheint zu funktionieren auf dieser Welt, ohne das wahre Gold. Das Öl. Wieviel Fortschritt hat das schwarze Wunder gebracht, aber auch wieviel Leid und Zerstörung? Jeder Einzelne von uns muss endlich Verantwortung übernehmen. Mir war bewusst, was auch ich anrichtete. Mit meinem Flug und dem vielen Kerosin, das ich benötigte. Aber was hätte ich sonst tun sollen? Es gibt Solarflugzeuge, aber das wäre unermesslich teuer geworden. Außerdem war es in meinem Fall viel einfacher, viel sicherer mit einem normalen Flugzeug. Aber trotzdem, ich habe ein Gewissen und meine Aktion hatte einen Beigeschmack. Doch Kate hatte sie mir genehmigt. Ich werde mein Bestes tun, dass es einmal anders wird.

Ich muss zugeben, dass ich mir früher keine Gedanken um die Umwelt gemacht hatte. Es war mir egal. Egal, weil es mich nicht interessierte. Ich lebte in meiner Welt. Kate war es, die mich dazu brachte, über das nachzudenken, was der Mensch auf diesem Planeten anrichtet. Nichts in dieser Welt bringt so viel Leid, wie der Mensch selbst. Teilweise habe ich das Gefühl, die Menschheit zerstört sich selbst, mit all der unnötigen Gewalt, all den Kriegen und der unendlichen Verschmutzung. Wieso bezeichnet sich der Mensch als ideologisches Wesen, intelligenter als jedes Tier, und handelt dennoch wie ein Lebewesen, das über kein Gehirn verfügt?

Es scheint nicht genug zu sein. Bei Nacht konnte ich es gut erkennen. Die Wüste brannte. Und mein Tank war leer. Gerade rechtzeitig schaffte ich es nach Riad.

»Es gibt Menschen, die es einfach im Gefühl haben.« Das hatte mein Fluglehrer oft zu mir gesagt, als er meine Landungen lobte. Ich wusste nie, ob er dies nur tat, damit ich mich gut fühlte. Auch er wusste, was ich erlebt hatte. Aber ich glaubte mittlerweile, er meinte es wirklich ernst. Alles Starts und Landungen auf meiner Reise filmte ich mit einer kleinen Kamera, die ich vorne an der Scheibe befestigt hatte. Damit konnte ich zeigen, wo ich überall gelandet war. Meine Daten übermittelte ich nach den Landungen per Email an Yves. Er stellte sie dann direkt online.

Fliegen ist eigentlich wie Fahrrad fahren. Man kann es nicht mehr verlernen. Ich denke, es kann niemand verstehen, der es nicht selbst einmal erlebt hat, wie wundervoll es ist, selbst zu fliegen. Man entflieht allem, den ganzen Problemen da unten, und wenn man wieder landet, ist alles Schlechte vergessen. So geht es mir und kaum bin ich gelandet, sehne ich mich gleich wieder nach dem unbeschreiblichen Gefühl, dort oben zu sein.

Nun war ich unterwegs nach Dubai in den Vereinigten Arabischen Emiraten. Bei diesem traumhaften Wetter, strahlend brennendem Sonnenschein und keiner einzigen Wolke über der Wüste, konnte ich mich austoben. Hier war niemand außer mir. Niemand konnte mich auf dem Radar sehen. Ich war froh, alleine zu sein. Solche Flugmanöver hatte ich seit meiner Ausbildung nicht mehr gemacht. Ich ging an meine Grenzen, wurde aber nicht leichtsinnig. Ein Flugzeug ist kein Spielzeug. Aber die Wut musste raus. Die Wut über das alles, was schief läuft in der Welt. Und die Wut über die Frage, warum es keine Antwort auf das *Warum* gibt.

Ein Flugzeug ist ein lebendiges Objekt. Dabei gilt es, stets bei der Sache zu sein und niemals loszulassen, selbst wenn man keinen Ausweg mehr kennt. Es gibt keine Achterbahn, die mit dem Gefühl in meinem Flugzeug vergleichbar wäre. Für mich ist es die wahre Freiheit, durch nichts zu ersetzen. Auch in Dubai lief alles glatt. Das Medienaufgebot hier war enorm und Yves hatte mir professionelle Unterstützung geschickt. Ein englischer Anwalt, der in Dubai lebte und für mich meinen Aufenthalt und die Interviews organisierte. Mir fehlte es an nichts. Auch hier wurde ich bei einer Familie untergebracht. In einem riesigen Haus mit

Swimmingpool. Dort konnte ich mich ein paar Tage erholen. Dubai war Luxus pur. Aber das alles brauchte ich eigentlich gar nicht. Ich freute mich auf Asien. Es zog mich magisch an. Asien hat auf mich eine besondere Anziehungskraft. Auf dem Weg dorthin schrieb ich meinen Eltern einen Brief, obwohl wir täglich miteinander telefonierten. Aber in einem Brief konnte ich die Worte, die Gefühle, die Emotionen, die mich berührten besser zum Ausdruck bringen. Ich schien alles irgendwo in mich aufgenommen, aber nichts in meinem Gedächtnis gespeichert zu haben. So sehr war ich scheinbar auf meine Reise konzentriert. Vielleicht war es auch besser so.

Liebe Mama, lieber Papa,
dieser Brief erreicht Euch mit meinen Gefühlen, die ich Euch nicht einfach sagen kann. Ich denke, nur wenn ich es schreibe, kommt es so an, als wenn ich bei Euch wäre.
Wenn Ihr den Brief bekommt, bin ich schon wieder an einem anderen Ort. Wahrscheinlich bereits in Thailand. Ich bin voller Vorfreude auf Asien.
Ich schreibe ihn gerade hier, in Dubai. Ihr werdet es nicht glauben, was es hier alles gibt. Und da soll noch einer sagen, die USA wären Spitze in der Technik!
Ich war in Israel, Ägypten und Saudi-Arabien. Ich war dort, an den Orten, die immer in den Nachrichten zu sehen sind. Ich habe das Gefühl wir sind mitverantwortlich für das alles, was auf unserer Erde geschieht. Für all die negativen Dinge, die passieren. Warum tun wir nichts dagegen?
Warum verkaufen wir zusammen mit Europa Waffen an Verbrecher?

Es ist so schlimm, ich wollte ich könnte helfen, doch ich kann es nicht. Diese Menschen machen jeden Tag so etwas durch, wie wir nach dem Amoklauf. Bei ihnen werden jeden einzelnen Tag Menschen erschossen. Ich

habe Rasul kennengelernt, er kommt aus dem Irak. Wahrscheinlich denkt Ihr gleich er ist ein Terrorist. Nein! Ich kenne ihn. Nicht alle sind Terroristen. Seine ganze Familie wurde umgebracht, seine Frau und seine beiden Töchter. Warum helfen wir ihnen nicht?
Es tut mir so weh. Ich kann das alles nicht verstehen.

In Liebe Euer
David

Endlich war ich in Thailand. Hier war es wie in einem Traum. Es war einfach wundervoll. Ich saß am Strand, der sich nur wenige hundert Fuß vom Flughafen entfernt befand. Mein Weg hatte mich hierher geführt, weil ich nicht nur die Natur in diesem Traumland dokumentieren wollte. Ich wollte auch hier die Menschen kennenlernen und ihre Gefühle und Hoffnungen hinaustragen in die Welt. Ich sah es als meine Aufgabe an, mit meiner Reise die Vielseitigkeit der Erde zu zeigen, denn nur so wird jemand verstehen, welches wirkliche Wunder dieser Planet ist, auf dem wir leben dürfen.

Als ich so dasaß und den Wellen zusah, dachte ich an Kate. Wie schön wäre es jetzt gewesen, sie an meiner Seite zu haben. Aus meiner Tasche holte ich unseren Anhänger heraus. Ich öffnete ihn und betrachtete ihr Bild. Sie war wunderschön. Ich erinnerte mich an die Zeit, die wir miteinander verbrachten. An all die wundervollen Momente. Wie wäre es, wenn sie jetzt bei mir wäre? Über was würden wir sprechen? Wahrscheinlich über diesen traumhaften Ort, dieses Paradies. Sie würde Witze machen, wie vielleicht über diese riesige Kokosnuss, die direkt über mir an der Palme hängt.

Eigentlich ein Ort, an den man sich in seinen Träumen wünscht. Doch die Ruhe ist getrübt. An mir vorbei gingen viele Menschen. Kinder spielen am Strand, bauen Sandburgen. Surfer hatten ihren Spaß in den tobenden Wogen. Ich traute mich kaum hinzusehen, zu den vielen älteren Männern, die sich mit jungen einheimischen Frauen unterhielten. Es waren Briten, Amerikaner, Deutsche, die mit Mädchen Hand in Hand gingen. Teilweise waren es noch Kinder, verkleidet und geschminkt wie Lolitas. Manche trugen Schilder, mit Aufschriften wie »HAPPY HOUR – 50 ONLY«. Ich fand es furchtbar. Später ging ich in die Stadt. Natürlich zu Fuß. Lastwagen voller Mädchen wurden durch die Straßen gefahren. Warum lässt man so etwas zu? Welche Qualen müssen diese jungen Menschen, Kinder, nur durchleben? Daran durfte ich gar nicht denken.

Es sind die Schattenseiten. Ich hätte nie gedacht, dass es wirklich so schlimm ist auf dieser Welt. Ich hatte Hunger. Es gab genügend Fastfood-Buden. Ich versuchte eine Bar auszuwählen, in der es keine Prostitution gab und setzte mich alleine an einen Tisch. »Hallo schöner Mann«, eine junge, sehr attraktive Thailänderin stand plötzlich vor mir. »Sprechen Sie Englisch?«, fragte sie mich mit einem Lächeln, das nicht gekünstelt sein konnte. »Ja klar, Sie können sich sehr gerne zu mir setzen«, war meine Antwort. Einen Smalltalk mit einer so attraktiven jungen Frau durfte ich mir nicht entgehen lassen. Ich schätzte sie auf mein Alter, vielleicht ein bisschen älter. »Ich heiße Lilly«, sie lächelte.

Wir bestellten etwas zu essen. Viel hatten wir noch nicht gesprochen. Sie sagte, wenn ich schon hier bin, sollte ich doch Heuschrecken probieren. Ich lehnte ab. Dann fing ich an, ihr aus meiner Kindheit zu erzählen, von meiner Heimat und zeigte Bilder auf meinem Handy. Sie hatte Thailand noch nie verlassen. Immer schon wollte sie in die USA, doch es fehlte das Geld. Dann fragte ich sie nach ihrer Familie. Ihr Lächeln verschwand und sie erzählte mir, dass ihre Eltern und Geschwister bei dem Tsunami damals starben. Sie musste nun als Prostituierte arbeiten, um über die Runden zu kommen.

Ich erzählte nichts von dem was mir passiert war. Stattdessen wechselte ich das Thema und erzählte von meiner Reise. Sie war begeistert. Wir standen auf. Lilly brannte darauf, mir ihre Heimat zu zeigen. Mit einem Kleinbus fuhren wir durch die Straßen.

Hier und da sahen wir noch zusammengefallene Häuser und entwurzelte Bäume. Überreste, die an das erinnern, was hier geschah. An den schwärzesten Tag, von dem hier niemand gerne spricht. Sie wollen nicht darüber sprechen, weil sie es nicht wahrhaben wollen. Sie haben es verdrängt. Es ist schlecht fürs Geschäft.

Als damals das Meer so viele Menschen tötete, war die ganze Welt erschüttert. Ich weiß noch, wie ich es im Fernsehen erlebt habe. Aber auch ich habe nicht mehr daran gedacht, bis ich hier war. Es ist immer so, wenn etwas Furchtbares geschieht. Alle sind entsetzt. Nach ein paar Wochen werden die Berichte weniger, ehe irgendwann niemand mehr im Fernsehen oder Internet darüber spricht. Und wir vergessen es. Vergessen die Schicksale. Genauso war es bei mir. Nun fühlte ich anders. Ich fühlte mit den Menschen dort. Aber ich weiß wie es ist, wenn man das, was man selbst erlebt hat, im Fernsehen sieht. Wie über das eigene Schicksal berichtet wird und man all das sieht, all das, was man am liebsten so schnell wie möglich vergessen möchte.

Damals – ich weiß es noch – konnte ich nicht verstehen, warum so viele Menschen sterben mussten. Schon als kleines Kind hatte ich von einem Tsunami gehört. Mit Kate hatte ich viel über den Tsunami und das Verhalten von Tsunamis gesprochen. Plötzlich war sie wieder da: Kate. Ich sah sie vor mir. Sie sprach zu mir. Ich dachte, es wäre endlich vorbei. Es hörte nicht auf.

»Was ist los, David?«, fragte Lilly mich plötzlich. »Nichts, nicht der Rede wert«, war meine knappe Antwort. Ich würde mich nicht gut fühlen, ihr von meinem Problem zu erzählen. Was sollte sie dazu sagen? Ihre ganze Familie war tot. Wie schaffte sie es nur, so weiterzuleben? Wir redeten ein wenig weiter, nur Belangloses. Sie erzählte mir ein wenig über manche Häuser und deren Bewohner. Der Bus hielt. Wir stiegen aus. Ich fühlte mich nicht gut und sagte, ich müsste zurück zum Flughafen. Natürlich tauschten wir unsere Telefonnummern. Dann verabschiedeten wir uns.

Am nächsten Tag verließ ich das vermeintliche Paradies. Mein nächster längerer Zwischenstopp sollte in China sein. Die Naturschutzorganisation hatte es geschafft, eine Aufenthaltsgenehmigung für mich zu erwirken. Mich wunderte, dass ich überhaupt die Erlaubnis bekam, nach China zu fliegen, da mein Flug ja in Verbindung mit einer Naturschutzorganisation stand. Jede Woche ein neues Kohlekraftwerk. Drei der fünf größten Häfen liegen in China. Vierunddreißig Millionen Einwohner leben in der größten Stadt, deren Namen bei uns wahrscheinlich noch niemand gehört hat. China ist unbekannt für uns. Verboten für Fotografen und erst recht aus der Luft.

Nirgendwo sonst werden so viele Menschen hingerichtet wie in China. Das hatte mir mein Vater erzählt Er redete viel über Politik mit uns zu Hause. Egal ob es jemanden interessierte oder nicht. Ich hatte dadurch viel gelernt. Jetzt half es mir, einiges in meinem Kopf zu ordnen. Ich sah das was ich sah von einem anderen Blickwinkel aus. Während meiner Reise durch China hielt ich mich fast nur auf den Flughäfen auf. Was ich aus der Luft sah, dokumentierte ich sorgfältig. Ich glaube, nirgendwo sonst habe ich so viele Fotos gemacht wie in China. Unter mir war ein wundervolles, riesiges Land, aber auch dunkle, stickige, undurchdringbare Nebelbänke über den Städten.

Am eindrucksvollsten war für mich Hong Kong. Hier gab es einmal einen großen Flughafen, genannt Kai Tak, der den Piloten einen gefährlichen und extrem spektakulären Landeanflug abverlangte. Jumbos mussten nur wenige Dutzend Fuß über den Hochhäusern eine entschiedene Rechtskurve fliegen. Dafür wurde extra ein Berg in Form eines riesigen Schachbretts in Rot und Weiß aufgeschüttet, um den Piloten den Weg zu weisen. Der Flughafen musste aber einem neuen weichen. Trotzdem musste ich einmal dagewesen sein.

In Asien fühlte ich mich wie auf einem anderen Planeten. Meine Gastfamilie kümmerte sich rührend um mich. Mir fehlte es an nichts. Ich streifte durch die Straßen Hong Kongs. Stets im Gedanken an die vielen Filme, ich mit Kate über Hong Kong gesehen hatte. Wir schauten gerne solche Filme. Und wir nahmen uns vor, eines Tages gemeinsam dorthin zu reisen. Jetzt war ich da. Und alles war anders. Alles war so leer ohne sie. Genauso wie meine Seele.
Ich spürte wieder den Schmerz. Den unermesslichen, unermüdlichen Schmerz in meinem Herzen. Warum nur musstest Du gehen? Warum hatte man Dir Dein Leben genommen? Du bist so weit fort, ich fühle mich

so allein. Warum nur? Du hattest doch Dein ganzes Leben noch vor Dir. Was würdest Du jetzt zu mir sagen, in diesem Moment, wenn Du doch nur wirklich da wärest?

In dieser Welt läuft so viel falsch. So vielen Menschen auf dieser Welt geht es schlecht. Ein Amoklauf ist ein kleiner Teil des wirklich großen Übels. Ich denke dieses Gefühl erlangt man erst, wenn man eine solche Reise unternommen hat, wie ich es getan hatte. Die Frage ist, wenn man all den vielen Menschen auf diesem Planeten helfen möchte, wo fängt man an? Ohne die Natur, die die Menschen fleißig zerstören, werden wir in der Zukunft noch viele weitere Probleme haben. Und wieder werden es die Armen sein, die am härtesten damit zu kämpfen haben.

Wenigstens hatten wir einen kleinen Erfolg durch den Flug erreicht. Die Spenden wurden zur Rettung des Regenwaldes verwendet. Vielleicht lässt auch die Abholzung allgemein nach, wenn die Industrienationen endlich auf nachhaltigen Holzabbau setzen. Immer mehr Menschen. Immer mehr Geld. Alles wird immer größer. Jedes Wachstum hat irgendwann ein Ende.

Was wird nur auf unserer Erde geschehen, wenn es kein Ende nimmt?

Genau gegen die Sonne. Bei dem Dunst hatte ich keine Chance, etwas zu sehen. Es war schon ein etwas seltsames Gefühl, das mich beschäftigte. Obwohl ich mir hier keine Sorgen zu machen brauchte. Zuhause in manchen Gebieten hätte ich Angst gehabt. Ich hatte kein Kollisionswarngerät und auch keine Funkverbindung mehr. Wahrscheinlich gab es dort nicht einmal ein Radar. Nur meine Augen waren meine Lebensversicherung. Sie befanden sich ständig auf dem fest von meinem Fluglehrer eintrainierten Kurs, schweiften langsam von links nach rechts, von unten nach oben, scannten alles. Und sahen nichts. Diese Leere war ich nicht gewohnt. Ich konnte mich nicht erinnern, jemals einen Flug gehabt zu haben, bei dem mir niemand begegnete. Doch hier war ich völlig allein. Allein über dieser verlassenen Wildnis, in der es noch nicht einmal eine Straße gab. Nur die Wellen des Pazifiks peitschten mit voller Macht an die Küste, ich beobachtete sie eine ganze Weile. Fast vergaß ich, meinen Kurs zu überwachen.

Dann plötzlich krachte, rauschte und piepste es in meinen Ohren. So laut, dass ich beschloss, meine Kopfhörer abzunehmen. Gerade in dem Moment, als ich meine Hand hinauf streckte um die Ohrmuschel zu fassen hörte ich jemanden auf Russisch sprechen, nein, eher schreien. Ich verstand es nicht, ich wusste nicht ob ich gemeint war. Dann folgte eine Stille. Niemand antwortete. Es verging einige Zeit, dann endlich hörte ich Worte in meiner Sprache.

»Nicht identifiziertes Luftfahrzeug, nicht identifiziertes Luftfahrzeug auf Kurs Nordnordwest, Flughöhe eintausend Meter. Sie fliegen über russischem Territorium. Antworten Sie oder wir werden Abfangjäger klarmachen.« Super. Eigentlich war doch alles geklärt. Warum das jetzt? Sofort antworte ich: »Hier spricht November Neun-Drei-Kilo. Ich bin das Flugzeug, das sie suchen. Ich bin auf dem Weg nach Magadan in eintausend Meter. Ich bin ein ziviles Luftfahrzeug auf einer Weltumrundung. Ende.« Es dauerte einen Moment, ich hatte die Befürchtung, dass sie mich nicht verstanden haben.

»November Neun-Drei-Kilo, zwei Abfangjäger sind gestartet und werden sie eskortieren. Leisten sie den Anweisungen Folge, dann wird nichts geschehen.« Nein! In was war ich da hineingeraten? Das konnte nicht wahr sein! Ab jetzt verlief alles in Zeitlupe. Ich wusste nicht, was ich tun sollte. Wenige Momente später waren sie da. Zwei schwarze Punkte, die immer größer wurden. Sie zischten an mir vorbei. Ich war mir sicher. Jetzt war alles vorbei. Ich würde das nicht überleben.

Doch es kam anders. Nachdem sie an mir vorbei geflogen waren, kamen sie nicht wieder zurück. Sie waren verschollen. Niemand sprach mehr. Wieder war nichts am Himmel zu sehen. Alles leer. Auf der internationalen Notfrequenz setzte ich mehrfach Blindmeldungen ab, in denen ich meine ungefähre Position und meinen beabsichtigten Landeort mitteilte. Niemand antwortete. Es gab keine Flugplätze, jedenfalls keine die auf meinen amerikanischen Karten verzeichnet waren. Ich musste mir selbst eine geeignete Landepiste suchen. Immer hielt ich Ausschau nach den Punkten, die ich auf der Karte markiert hatte. Einen so schwierigen Sichtflug hatte ich noch nie zuvor gemacht. Alles sah gleich aus, überall Wälder, Wiesen und Moore. Nirgendwo war Zivilisation. Diese Wildnis heißt Kolyma. Das nächste in meiner Karte markierte Dorf war wichtig, da es dort scheinbar eine Übernachtungsmöglichkeit geben sollte. Ich konnte nicht mehr länger. Ich war zu müde. »Immer erst drüber fliegen, bevor Du runtergehst« hatte Jim mir geraten. Es war eine gute Idee. Ich konnte mich auch nicht daran erinnern, jemals zuvor außerhalb eines Flugfeldes gelandet zu sein.

Jede einzelne Landung ist ein Kunstwerk. Und wir sind die Künstler, die es erschaffen. Jedes Mal wenn ich dort oben bin, in einer anderen Welt, einer anderen Dimension in der andere Gesetze gelten und die Uhren anders laufen, ganz im Einklang mit dem berauschenden Summen des Motors.

Aber jetzt musste ich mich anstrengen. Richtig anstrengen. Das einzige Gebiet, das für eine Landung in Frage kam, lag genau links von mir. Ansonsten gab es nur Gestrüpp, Wälder und Moor. Ich schätzte die Fläche auf eine Länge von nicht einmal achthundert Fuß.

Am Ende war ein Zaun, dahinter hohe Bäume. Es gab nur eine einzige Chance.

Das vordere Rad durfte auf gar keinen Fall zuerst den Boden berühren. Diese Kleinigkeit, die auf einer festen Bahn nur für ein unschönes Gefühl sorgt, könnte hier schrecklich enden. Ich würde mich überschlagen, könnte nichts tun. Es war Maßarbeit. Ich war froh, dass meine Mutter das nicht sehen konnte. Vor einer Landung mache ich mir selten Gedanken darüber. Meine Erfahrung ist, dass man sich eher während eines Vorhabens und nicht vorher darauf konzentrieren sollte. Sonst wird man seine Vorstellungen nicht erfüllen können. Man macht sich verrückt, mit Dingen die gerade nicht relevant sind. Und genau das musste ich jetzt verhindern.

Ich musste mir den Anflug einteilen, eine imaginäre Platzrunde erschaffen, das Verfahren für einen Landanflug nach Sicht. Die Klappen bremsen und verleihen mehr Auftrieb. Ich flog so langsam, als nur möglich, drehte nach links, beobachtete das Feld. Wenn jetzt irgendetwas dazwischen gekommen wäre, ein Tier oder Mensch auf dem Feld, hätte ich noch die Gelegenheit gehabt problemlos durchzustarten. Doch es brauchte eine Entscheidung, und alles sah gut aus. Ich würde landen. Nach einer weiteren Linkskurve lag das Feld, das eine Breite von vielleicht siebzig Fuß hatte, genau vor mir. Auch der Wind spielte mit. So langsam war ich, dass eine Windböe genügen würde um mein Flugzeug dem gefährlichen Strömungsabriss auszuliefern. Nichts konnte ich tun, in dieser Höhe würde ich herunterfallen wie ein Stein, mit der Nase voraus. Zwanzig, Gas raus, zehn Fuß. Ziehen! Die Haupträder waren unten, ich zog so fest ich konnte. Ich brauchte beide Hände.

Wir kamen zum Stehen! Wir beide hatten es geschafft. Das Flugzeug und ich hatten zusammengearbeitet, wir waren eine Einheit. Nur so lässt sich so etwas überhaupt machen. Es dauerte einen Moment, bis ich aussteigen konnte. Erst mal musste ich das Ganze verarbeiten. Dann dachte ich darüber nach, mir wurde bewusst, wie knapp es wirklich gewesen war.

Ehe ich aussteigen konnte, sah ich sie. Alles stand voll mit Menschen, rundherum. Wie sollte ich ihnen das erklären? Das einzige, was mir hoffentlich etwas nutzen würde, war mein Handy mit der Übersetzungs-App. Ich konnte nur hoffen, dass die nicht fehlerhaft war.

Doch ich brauchte sie nicht. Igor war Bauer. Er lebte mit seiner Familie dort, inmitten der Natur, ohne fließendes Wasser oder elektrisches Licht. Er konnte Englisch. Igor unterstützte mich, wo er konnte. Was er mir von der Vergangenheit seiner Heimat erzählte, machte mich tief betroffen. Plötzlich tauchte ich ein in ein Grauen, ich fühlte mich wie in einer Welt wie vor fünfzig Jahren. Zu Zeiten der Sowjetunion hatte es bestimmt auch nicht viel anders ausgesehen. Die Massengräber waren ganz in der Nähe. Igor hatte mir alles erzählt. Was hier einmal war. An diesem verlassenen Ort. Es war vor langer Zeit. Zu dieser Zeit muss mein Urgroßvater ein bisschen älter als ich gewesen sein, er kämpfte in Europa. Er kam nicht mehr zurück. Ich wusste das aus Erzählungen meines Vaters. Hier wurde Anfang des zwanzigsten Jahrhunderts Gold gefunden. Stalin, der damals an der Macht war, ließ politische Gefangene in Camps arbeiten, um das Gold zu fördern. Menschen, die nur aufgrund ihrer anderen Ansichten in die Todesarbeit geschickt wurden.

Auf schrecklichste Weise seien hier über drei Millionen Menschen umgekommen. Die meisten haben sich zu Tode geschuftet. Warum erzählt heute bei uns niemand davon? Igor ging zu der Scheune, die aussah, als würde sie jeden Moment zusammenbrechen. Langsam schob er die rechte der beiden Holztüren zur Seite. Das wollte er mir also noch zeigen. Ich sah zuerst einen Propeller und kurze Zeit später das ganze Flugzeug. Noch nie zuvor hatte ich so ein Flugzeug gesehen. Er war also einer von uns: ein Fliegerkamerad. Das Flugzeug hatte einen riesigen Motor, es war ein Sternmotor, so wie früher in den dreißiger Jahren. Es sah aus wie von einem anderen Planeten. Ich konnte kaum glauben, dass so ein Flugzeug überhaupt fliegen kann. Aber diesen Gedanken hatte ich schon oft wieder verwerfen müssen. »Wilga« nannte er es. Er checkte es durch, seine prüfenden Blicke verrieten es mir. »Willst Du eine Runde mitfliegen?«, rief er mir zu.

Es dauerte einen kurzen Moment, bis ich antwortete. Soll ich ja oder nein sagen? Meine Mutter würde mir verbieten einzusteigen. Ich zögerte nicht länger. »Ja klar!« »Na dann los, steig ein!«, kam die Antwort. Ich glaube er freute sich so sehr, mir seinen wahren Schatz zeigen zu können. Ein wahres Wunder für mich als Außenstehenden, hier im Dorf ein Flugzeug zu finden. Es pochte und krachte, der Propeller drehte sich langsam, dann immer schneller. Mit einem kräftigen Schlag war er an und die Narbe war wegen der hohen Umdrehung nicht mehr zu sehen.

Ich muss zugeben, das erste Mal war mir ein wenig mulmig vor dem Start seines Flugzeuges. Ich tröstete mich mit dem Gedanken, dass es daran lag, weil ich nicht selbst am Steuer war. Nur nicht daran denken, ob überhaupt irgendwann mal ein fachkundiger Mechaniker eine Kontrolle durchgeführt hatte. Wir starteten und waren ziemlich schnell in der Luft, schneller als mit meiner Piper. Aber Igors Eisenvogel hatte auch einige Pferdestärken mehr.

Trotz der unermesslichen Armut in diesem Land gab es Menschen, die mich so gut sie konnten unterstützten. Ich denke an Igor, der das nicht nur aus reiner Liebe zur Luftfahrt getan hat. Es waren herzliche Menschen, die für andere alles geben würden. Es war wieder einmal eine andere Welt, in der ich gelandet war.

Eine alte, gebrechliche Frau brachte mir eine kleine Holzschachtel. In Igors Dorf hatten sie Geld für meine Aktion gesammelt. Ich war zu Tränen gerührt. Mir fehlten die Worte. Ich wollte das Geld nicht annehmen, doch sie bestanden darauf. Das Einzige, was ich sagen konnte war ein »Danke«. Ich umarmte sie. Diese armen Menschen, die jeden Tag aufs Neue ums Überleben kämpfen müssen, die Zukunft ungewiss, halfen mir, einem Reichen aus einem der reichsten Länder der Welt, seine Ziele zu erreichen.

An dem Tag, an dem ich weiterflog war die Wiese voll mit vielen Menschen, die sich versammelt hatten, um mich zu verabschieden. Meine Maschine und ich rollten über die holprige notdürftige Piste bis ich endlich einen flachen Abschnitt gefunden hatte.

Die Klappen waren auf der zweiten der drei Stufen, was 25 Grad entspricht, die Bremsen voll getreten. Ich zog und schob den Schubhebel voll nach vorne. Sie setzte sich in Bewegung. Gefühlte weniger als sechshundert Fuß später hatten wir beide, das eingespielte Team, schon den Boden verlassen. Anadyr war das nächste Ziel. Ich musste mich beeilen. In der Ferne sah ich eine Wolkenfront, die nichts Gutes erahnen ließ. Winde könnten die Wolken schneller treiben lassen, als ich fliegen konnte. Deshalb musste ich sehr aufpassen und gut durchdenken was zu tun war.

Es war ein langer Weg durch Russland. Ich flog immer der Küste entlang. Die unberührte Natur war wunderschön. Hier war nahezu nichts von den Menschen künstlich geschaffen. Die Taiga war so wundervoll. Ruhig und selig wirkte sie. Hier schien noch alles in Ordnung zu sein. Die letzte Übernachtung vor dem Flug über die Beringstraße, nach Alaska, hatte ich hinter mir. Ich war hellwach. Und das ganz ohne Kaffee. Das musste ich auch sein. Die See war ruhig. Keine hohen Wellen, nahezu windstill. Die Winterstürme schien es in diesem Jahr nicht zu geben. Über Chukotk würde es nach Nome gehen. Dann nach Fairbanks und weiter nach Juneau. Durch Kanada zurück in die Heimat.

Ich musste es schaffen, bevor die Winterstürme es sich vielleicht noch anders überlegen würden. Zeit zum Warten hatte ich nicht. Keine Woche länger. In diesem Jahr wollte ich alles abhaken. Einfach alles hinter mir lassen. Der Wind trieb mich voran wie die Zugvögel, die uns Menschen voraus sind. Ich konnte die Geschwindigkeit über dem Boden nur abschätzen, durch mein Handy. Ich hatte kein Instrument im Cockpit, mir aber ein Programm heruntergeladen – mithilfe von GPS heutzutage kein Problem mehr. Ich war wohl doppelt so schnell wie meine Höchstgeschwindigkeit, allein durch die Kraft der Natur. Ein Flugzeug kann sogar rückwärts fliegen. Ohne abzustürzen. Ist der Wind von vorne so stark, stärker als die aktuelle Fluggeschwindigkeit, trägt er das Flugzeug mit sich mit. Die bei mir im Cockpit angezeigte Geschwindigkeit bliebe nahezu unverändert, nur über dem Boden würde ich in diesem Fall rückwärts fliegen. Vor dieser Situation hatte ich während meiner Reise immer große Angst. Über dem Meer würde das für mich ein großes Problem bedeuten. Aber die Natur half mir. Ebenso der Wind. Der Wind trug mich und die Luft war ruhig. Zeit zum Nachdenken. Ich hatte immer gedacht, dass meine Geschichte nichts Besonderes ist. Aber jetzt hatte ich etwas, was ich hinaustragen wollte. Auch deshalb wollte ich so schnell wie möglich nach Hause. Eine Botschaft, die Geschichte von dem, was ich gesehen hatte.

Wenige Tage vor Weihnachten war ich auf dem Weg nach Hause. Es war nicht mehr weit, verglichen mit dem Weg den ich bereits hinter mir hatte. Was für ein Gefühl. Ich freute mich wie ein kleiner Junge. Auf das Kaminfeuer, das ruhig vor sich hin knistert. Auf den Schnee, wie er alles ruhig erscheinen lässt, alles verlangsamt. Auf die Gefühle von früher. Auf meine Familie. Meine Heimat. Nur noch Kanada lag vor mir. Dann schon – endlich – würden die Berge und Wälder Montanas langsam am Horizont zu sehen sein. Erst verschwommen im Dunst, dann immer deutlicher. Meine Heimat. Alles war weiß, der Winter war zurück. Draußen war es kalt. Doch in meinem Herzen spürte ich die Wärme. Noch ein paar hundert Fuß. Noch fünfzig, vierzig, dreißig, zwanzig, zehn. Die letzte Landung. Es begann zu schneien, gerade als ich das Flugzeug behutsam zu seiner Parkposition führte, die letzten Fuß bis zur Linie und langsam kam sie zum Stehen. Bremse gesetzt. Ich zog das letzte Mal den Mixer, den roten Hebel für die Treibstoffzufuhr, ganz nach unten. Wenige Momente später blieb der Propeller stehen. Nur noch die Lichter ausschalten, den Hauptschalter und den Schlüssel ziehen. Endlich hatte ich es geschafft. Wir hatten es geschafft. Es war vorbei. Mein Traum war Wirklichkeit geworden.

Ich brauchte noch einen kurzen Augenblick, um es zu realisieren. Wieder da zu sein. Dass trotz allem alles so gut geklappt hatte. Dann erst öffnete ich die Türe. Alles war voller Menschen. Die Menge war so riesig, ich kam mir beinahe wie ein Spieler im Footballstadion vor. Kameras, überall. Überall blitzte es. War das wirklich wegen mir? Ich sah meine Eltern, die auf mich zu rannten. Meine Mutter weinte vor Glück. Ich musste aufpassen, nicht auch noch anzufangen. Alle waren da, Jim und die anderen, Tom. Sie feierten mich. Doch ich wollte nicht gefeiert werden. Es war nicht mein Verdienst. Es war unser Verdienst. Der Verdienst von Kate und mir, auch wenn ein Teil von uns nicht mehr da war.

Ein neuer Anfang

Jeden Tag seit ich zurück war, wollte ich draußen sein. Ich freute mich mit den Kindern zu spielen. Den Kleinen aus dem Nachbardorf. Sie fahren Schlitten und wenn sie unten angekommen sind, ziehe ich ihn wieder hoch. Es machte sehr viel Spaß. Es machte mich glücklich, den Kindern eine Freude zu bereiten. Doch meine eigene Freude war überschattet von der Trauer. Ich war allein.

Vor dem gemütlichen Feuer im Wohnzimmer erzählte ich meinen Eltern und meinen Freunden jeden Tag Geschichten von meiner Reise. Es tat so gut. Es war so befreiend. Als könnte ich endlich alles loswerden, einfach alles, was mich beschäftigte. Es wurde mir deutlich, wie sich alles seit meinem Abflug verändert hatte. Ich hatte mich verändert. Meine Eltern bemerkten dies wohl auch und wahrscheinlich konnten sie es nicht verstehen.

Sie hatten Angst um mich. Sie wollten es nur nicht zeigen. Alles war anders. Das erste Mal an Weihnachten freute ich mich Last Christmas im Radio zu hören. Ich freute mich zu Hause zu sein. In unserem Haus gab es keine Armut und keine Gewalt. Mit Tom und den anderen Jungs traf ich mich immer wieder. Während wir zusammen im Fast-Food-Restaurant der alten Betty saßen, erzählte ich weiter von meiner Reise. Ich fragte mich, ob meine Freunde die Geschichten überhaupt noch hören konnten. Aber keiner sagte etwas dagegen. Sie ließen mich gewähren. Das Jahr neigte sich zu Ende. Ich hatte so lange darauf gewartet und auf meinem Notebook einen Countdown eingestellt.

Das Feuerwerk zu Silvester war nichts Spektakuläres. In unserem Ort gab es nicht viele, die Raketen aufsteigen ließen. Trotzdem war es für mich das Zeichen, dass endlich dieses Jahr vorbei war. Alles kam mir vor wie in Zeitlupe, ich blickte immer wieder auf die große Uhr, die im Fernsehen eingeblendet wurde, der Ton war aus. Ich konnte das Schauspiel des Feuerwerks nicht genießen, mir waren die aufmunternden Worte meiner Freude und meiner Eltern egal. Ich schloss die Augen, hoffte, dass das darauffolgende Jahr besser würde. Und Kate fehlte mir in diesem Moment sehr. Es blieb mir nur die Hoffnung auf das Gute. Ich tauchte ein in die Welt der Gedanken.

Was war es gewesen? Sicher war meine Reise kein Meilenstein für die Welt, nichts mehr als ein paar kleine Zeilen in den Zeitungen, ein paar Worte in den Nachrichtensendern. Nicht zu vergleichen mit dem, was Pioniere wie Amy Johnson leisten mussten, mit ihren einmotorigen Flugzeugen der damaligen Zeit.

Aber für mich war es eine Reise, die mehr war. Es war eine Reise in eine andere Welt. In die Vergangenheit und in die Zukunft. Eine Reise in mich. In meine Gefühle und Gedanken. Und es war eine Reise für Kate, für ihren Traum. Und er wurde erfüllt. Ich hoffte, dass sie es wusste. Egal wo sie nun war. Irgendwie musste sie es wissen, daran hatte ich keinen Zweifel. Hundertzweiunddreißigtausend Dollar und fünfzig Cent. Das war die Bilanz. Davon hatte mir Yves einen kleinen Anteil versprochen. Aber ich lehnte ab. Yves bestand darauf. Dann kam mir eine Idee. Ich bat Yves, das Geld Jim zu geben. Er wollte sich seinen großen Traum erfüllen und sein eigenes Flugunternehmen gründen.

Das erste Frühjahr in meinem neuen Leben hatte begonnen. Wenn ich morgens zum Fenster ging und es öffnete fühlte ich dieses magische Licht. Es war, als wenn mir jemand Höheres etwas sagen möchte. Ich fühlte die Natur, ich fühlte den Frühling. Und genauso fühlte ich mich. Es war eine neue Welt, die ich erlebte. Eine andere Welt.

Auf einmal war alles intensiver. Vieles, was mir früher wenig bedeutete, bedeutete nun sehr viel. Aber Einiges hatte auch die Bedeutung für mich verloren. Meine Veränderung fiel auch meiner Familie und meinen Freunden auf. Wenn ich in den Spiegel in meinem Zimmer blickte, sah ich einen anderen Menschen. Ich hatte mir vorgenommen, mich niemals mehr über unwichtige Dinge aufzuregen und nur noch das Wesentliche zu sehen. Ich hatte mir vorgenommen, jeden einzelnen Tag zu genießen. Und an das zu denken, was ich auf meiner Reise gesehen hatte. Ich musste jeden Abend an die Leiden dieser Welt zu denken. Nach dem was ich gesehen hatte, wusste ich: Menschen auf dieser Welt sind nicht gleich viel wert. In unserer Anschauung, auch bedingt durch unsere Medien, zählt unser Leben mehr als das der Menschen, die in ärmeren, für uns uninteressanten Ländern leben. Der natürliche Tod eines einigermaßen bekannten Menschen in unserem

Land sorgt für wochenlange Berichte und Gespräche, aber vom Tod tausender hungernder Kinder in Afrika zur selben Zeit erfahren wir nur wenig, weil es uns nicht interessiert.

Warum gibt es in unserer Welt einfach keine Gerechtigkeit. Ich habe die Zerstörung gesehen. Überall konnte aus meiner Perspektive sehen, was wir wirklich mit der Erde machen. Es ist eine Tragödie. Doch ich habe auch gesehen, dass die Erde schöner ist, als ich sie mir jemals in meinen kühnsten Träumen vorgestellt habe. Meine Kinder sollen diese Schönheit noch erleben dürfen.

Mein Leben zog an mir vorbei, fast so schnell, dass ich kaum Zeit hatte davon etwas mitzubekommen. Ich musste weiter zur Schule gehen, um meinen Abschluss zu machen. Was für ein Glück war es, dass die neue High School mich aufnahm. Das Leben musste weitergehen, denn ich konnte zwar fliegen, aber ohne Schulabschluss dazustehen, würde mich nicht sehr viel weiterbringen. Davon konnte mich dann schließlich meine Mutter überzeugen. Gemeinsam mit ihr fuhr ich zu meiner neuen Schule. Es war ein wundervoller, magischer Morgen im Herbst. Überall hatten sich die Blätter der Bäume in ein scheinbar unzähliges Meer aus tausenden Farben verwandelt. Als wir in der Schule ankamen, überkam mich ein Gefühl der Angst. Eine Angst wie man sie vor dem großen Ungewissen hat.

Ich hatte nahezu alles durchlebt, hatte einen schrecklichen Amoklauf überlebt, das große Abenteuer mit gefährlichen Situationen, eigentlich sollte man glauben, dass man nach solchen Erlebnissen keine Angst mehr hat. Aber ich hatte große Angst davor, alles könne sich wiederholen, wieder ein Amoklauf, der alles, was sich in der nächsten Zeit entwickeln könnte, rücksichtslos zerstören würde.

Ich sah all die Bilder vor mir, von denen ich schon längst gedacht hatte, sie wären endlich verschwunden. Meine Mutter und ich wurden zum Schulleiter gebeten. Als wir in sein Büro eintraten, musterte er mich von oben bis unten. Dann fragte er: »Sagen Sie mal, sind Sie nicht der Junge, der um die Welt geflogen ist? Ihr Gesicht kommt mir so bekannt vor«. Ohne mir auch eine Sekunde Zeit zu lassen übernahm meine Mutter die Konversation in ihrer gekonnten Art, so wie sie es immer machte, früher als ich klein war: »Ja, David ist um die Welt geflogen. Ganz allein. Wir sind sehr stolz auf ihn.« Der Schulleiter schmunzelte: »Das glaube ich aufs Wort. Sie haben etwas ganz Großes gemacht. Ihre Eltern können sich glücklich schätzen, einen solchen Sohn zu haben. Ihnen, David, wünsche ich nur das Beste und viel Glück auf unserer Schule.« Der Schulleiter nickte. Wir verabschiedeten uns. Es war vorüber. Der Anfang war getan. Die nächsten Tage verbrachte ich viel Zeit in den Weiten Montanas. Alleine, doch nie ganz allein. Denn ich hatte gelernt, dass immer jemand da war, der auf mich hinab blickt und mit dem ich sprechen und den ich um Hilfe bitten kann.

Ich traf mich mit meinen Freunden. Selbst nach einigen Dutzend Treffen hatte ich noch nicht alles erzählt, was ich auf meiner Reise erlebt hatte. Immer wieder gab es Neues für sie zu erfahren. Es machte mir Spaß, darüber zu berichten. Immer dann, wenn das Kribbeln wieder einsetzte und ich wieder die wahre Freiheit erleben wollte, begab ich mich in mein Element. Ich flog, so oft es nur möglich war. Wie schön das Gefühl war, zu fliegen und doch zu wissen, dass ich zu Hause war. Dann endlich war es soweit. Ich war aufgeregt, wie ein kleiner Junge an seinem ersten Schultag. Und es war mein erster Schultag an der neuen Schule.

An einer Tafel, um die sich ein Kreis von Dutzenden neuen Schülern und wohl auch älteren Schülern gebildet hatte, war nachzulesen, in welche Klassenräume man gehen sollte, um weitere Informationen zu erhalten, wer in welche Klasse eingeteilt werden würde. Es dauerte seine Zeit, bis ich zu der Tafel vordringen konnte.

NEUE SCHÜLER: WEITERE INFORMATIONEN IN DER AULA – 1. ETAGE RAUM 101

Ohne zu zögern machte ich mich auf den Weg. Die Gänge waren lang. Ich hatte Angst mich zu verlaufen. Alles war verwinkelt. Wie sollte man sich hier nur zurechtfinden? Die Tür zur Aula war weit geöffnet. Der große, fast theaterähnliche Raum machte einen einladenden Eindruck auf mich. Doch als ich eintrat, fühlte ich meinen Puls deutlich. Ich spürte meine innere Aufregung vor dem Neuen, dem Unbekannten.

Zu nahe war das Vergangene. Es fiel mir schwer, mich auf das Neue einzulassen. Die Aula war voller Menschen. Unsere Namen wurden aufgerufen und den einzelnen Klassen zugeordnet. Mein Name fiel als letzter. Ich ging zu dem Raum, der mir zugewiesen wurde. Dort hatten sich schon einige Schüler und Schülerinnen versammelt. Niemand sagte ein Wort. Jeder schien sich irgendwie fremd zu fühlen. Die ersten Tage vergingen zäh. Alles war neu. Das Einleben brauchte seine Zeit.

Doch bald kehrte er ein, der Alltag. Und langsam wurde mir bewusst, in was ich hineingeraten war. Erste Eindrücke täuschen oft. Doch manchmal sind sie auch wahr. Ich war es nicht gewohnt, in eine Klasse zu gehen, in der sich jeder mit jedem verstand. Aber hier, in meiner neuen Schule, in meinem neuen Leben lernte ich unglaubliche Menschen kennen. Auf Anhieb verstand ich mich mit allen. Wir lagen nahezu ausnahmslos auf derselben Wellenlänge. Jason wurde mein bester Freund. Er hatte den Plan, für ein Jahr ins ferne Asien zu reisen. Auf den Kontinent, der mich so faszinierte. Nach China. Von dem Amoklauf wussten meine neuen Klassenkameraden und -kameradinnen noch nichts. Aber es war schwer, es vor ihnen zu verheimlichen.

Ich war der Einzige aus meiner ehemaligen Klasse, der Einzige von meiner ehemaligen Schule, der hier weitermachte. Aber jetzt hatte ich Angst, der Alleingang war nie für mich ein Problem gewesen. Solange ich in einem Flugzeug saß. Meine Mutter war mir zuvorgekommen, sie hatte wohl gemerkt, dass es für mich wichtig war, es zu sagen. Unsere Lehrerin wusste Bescheid, weil meine Mutter mit ihr gesprochen hatte. Und jetzt war ich an der Reihe.

Sie saßen alle da, redeten wild durcheinander, hatten Spaß bevor der Unterricht begann. Dann sagte unsere Lehrerin: »Hört mal alle her. Es gibt etwas, was ihr wissen solltet.« Es wurde still. »David wird es euch sagen.« Ich stand auf, bemerkte wie eine Träne meine Wangen kitzelte, wie mein Herz raste und meine Beine zu zittern begannen. »Ich möchte euch danken, dass ihr eine solch geniale Klasse seid. Nur kurz möchte ich euch sagen, dass ich damals dabei war. Bei dem Amoklauf. Ich habe es überlebt. Es geht mir gut, ich möchte nur, dass ihr Bescheid wisst, wenn ich vielleicht mal ein bisschen komisch bin.« Niemand traute sich etwas zu sagen. Wie fühlt man sich, wenn einem von einem Mitschüler etwas Derartiges gesagt wird? Ich hoffte, dass alles seinen normalen Gang nehmen würde. So wie es bei normalen Schülern auch ist. Ich wollte normal sein. Es tat gut, es ihnen zu sagen. Niemand fragte mich darüber aus, obwohl ich mir sicher war, es würde mir nichts ausmachen. Sie nahmen mich so wie ich war. Für mich folgte eine wunderbare Zeit. Wir hatten so viel Spaß miteinander, alles war plötzlich problemlos. Die Treffen mit meinen alten Freunden wurden seltener und seltener.

Das Kapital regiert diese Welt. Nicht die Politik. Klingt zwar altmodisch, aber es ist wirklich so. Obwohl nahezu jeder nach den Idealen der Wirtschaftslehre zu streben scheint, nach Gewinnmaximierung, scheint es dazu zu führen, dass die Menschlichkeit, die Nächstenliebe dabei verloren geht.

Ich glaube nicht, dass ich dies ohne meine Reise jemals verstanden hätte. Welchen Charakter ein Mensch hat, weiß man in den meisten Fällen dann, wenn es ums Geld geht. Ist die Liebe stärker? Ich denke, das kann sie sein. Aber es kommt auf den einzelnen Menschen an. Manchmal denke ich, wie klein die Welt doch ist. Wie einfach alles ist. Wie winzig klein wir Menschen doch sind in diesem unendlichen Universum. Eigentlich gäbe es für uns keinen einzigen Grund für Gewalt. Es gibt keinen Grund für Kriege. Es gibt keinen Grund für einen Mord. Es gibt keinen Grund für einen Amoklauf. Sehen wir uns ein Beispiel aus der Natur an. Es gibt nahezu keine Tierart, die sinnlos tötet. Tiere töten, um zu überleben. Das ist die Natur. Der Gang der Dinge.

Was aber macht der Mensch? Er tötet sinnlos. Bringt Unschuldige um. Nur weil diese zur falschen Zeit am falschen Ort gewesen sind? Was hat das alles für einen Sinn? Warum mussten Kate und all die anderen sterben? Für nichts? Nur weil ein psychisch kranker Jugendlicher, der nie etwas lernen wollte, eine angeblich schlechte Kindheit hatte, sein virtuelles Killerspiel in die Realität umsetzen wollte?

Warum haben seine Eltern nur so versagt? Es sind diese Fragen, die mich bewegen und wohl immer wieder auftauchen werden. Die Angehörigen der Getöteten stellen sich sicher ähnliche Fragen. Und doch liegt es nur an einem selbst, wie er damit umgeht. Den Sinn zum Weiterleben muss man in sich selbst finden. Für mich habe ich einen Sinn gefunden, aber keinen Trost.

Die Liebe ist eines der schönsten Dinge, die es gibt. Aber auch eines der schwierigsten. Nirgends sonst liegen Erfolg und Niederlage so nahe beieinander wie in der Liebe. Kann man ohne sie jemals wirklich glücklich sein?

Ich musste oft daran denken wie es wäre, wenn ich mich wieder verlieben würde. Immer wieder holte mich das Gewissen ein, ich hatte Angst Kate zu verletzen. Aber ich denke Kate würde mir verzeihen. Sie würde mich verstehen. Es ist eine andere Liebe. Eine in der einen Welt. Kate würde immer bei mir bleiben, in der anderen Welt.

Ganz langsam fing es an. Es war wie eine übernatürliche Kraft, die langsam an Intensität gewann. In der Sporthalle passierte es. Ich sah sie. Und sie sah meine Blicke. Sie begann zu lächeln und mit leichtem Zögern erwiderte ich ihr Lächeln. Es war, als hätte es so geschehen müssen. Wie ein Plan von oben. Sofort wusste ich, das ist sie. Mein Herz begann zu rasen und endlich war ich wieder eingetaucht in die magische Welt der wirklichen Gefühle.

Sie war Kate so ähnlich und sie war wunderschön. So schwierig, so kompliziert. So schwer fiel mir es, mit Leichtigkeit an sie heranzutreten. Es würde sich doch nicht alles wiederholen? Meine Gedanken waren wie eine Achterbahn. Ich hatte das Gefühl, die Kontrolle zu verlieren. Hin- und hergerissen im Wechselbad der Gefühle. Es tat unheimlich gut, wieder diese Gefühle empfinden zu dürfen.

Sie schwärmte von Pferden. Ich schwärmte von ihr. Dann begannen wir uns zu treffen. Ich wusste, dass sie die Richtige ist.

Kate sprach immer seltener zu mir. Manchmal tage-, manchmal wochenlang nicht. Hatte das etwas zu bedeuten? Und dann eines Nachts hatte ich einen Alptraum: Kate war da, sie war bei mir. Ich umarmte sie und sie umarmte mich. Dann plötzlich gab sie mir einen Kuss, lächelte mich an und ging. Ich konnte ihr nicht folgen, ich hatte keine Möglichkeit. In der Nacht muss ich laut geschrien haben, denn meine Mutter kam zu mir. Sie setzte sich an mein Bett und ich tat das, was ich sonst selten gemacht hatte, ich erzählte ihr von meinem Traum. Meine Mutter hörte aufmerksam zu, dann sagte sie: »Kate war schon immer ein sehr intelligentes Mädchen. Sie weiß, dass sie dich jetzt deinen Weg gehen lassen muss. Sie wird immer bei dir sein, aber nicht mehr so intensiv, wie sie es bisher war und das ist auch richtig so.« Wir mussten beide weinen. Es war wie ein zweiter Abschied.

Das Fliegen ist ein großer Teil von mir. Ohne diesen würde mir das Leben so schwerfallen. Ich hoffte, dass meine neue Liebe dies auch verstehen würde. Aber es lief ganz gut.

Ich schaffte es tatsächlich, nicht mehr oft an das Geschehene zu denken, bis zu jenem Freitag. Bald wäre die Schule aus. Ich überlegte mir, was wir heute Abend unternehmen könnten. Dann passierte es. Schläge! Nein, ich kannte dieses Geräusch - Schüsse! Ich existierte nur noch. Alles lief in Zeitlupe ab. Ich hoffte, dass es bald vorbei sein würde. Endgültig. Alle schrien. Warum nur passierte es wieder? Jetzt wo alles von neuem begonnen hatte. Warum? Was hatte ich getan? Alles war wieder da. Die Gedanken. Die Gefühle. Die Bilder. Die Geräusche. Der Schrecken. Ich sah nichts und fühlte nichts. Alles war wie damals. Ich war in der

Vergangenheit. Das was um mich passierte realisierte ich nicht. Es war mir egal. Eingetaucht in einen schrecklichen Alptraum. Plötzlich war es still. Sie hatte den Raum abgeschlossen. Er konnte nicht hinein zu uns. Gott sei Dank. Unsere Mathelehrerin hatte uns gerettet.

Später erfuhren wir, dass es nur ein Scherz war. Ein Schüler wollte nur andere ärgern. Nur Platzpatronen. Er hatte nichts Ernstes vorgehabt, sagte er der Polizei. Wahrscheinlich bekam er nicht mal eine Strafe. Jetzt war es Zeit für mich zu fliegen. Damit ich all das vergessen konnte. Um hinunterblicken zu können auf die Erde und die schlechten Menschen zu vergessen, die dort unten ihr Unheil anrichten. Um frei sein zu können, dort oben, wo nicht viele außer mir sind. Dort, wo ich Kate so nahe bin. Am liebsten würde ich für immer dort bleiben wollen. Dort oben, über den Wolken, über dem Regen.

Ich hatte Glück. Meine neue Liebe hatte unendliches Verständnis für mich. Ich fing an, wieder aufzublühen. Als wir gemeinsam Hand in Hand durch die unendlichen Weiten streiften, gab es niemanden außer uns beiden. So verliebt, so innig, so unendlich glücklich. Es gab nichts, das uns trennen konnte.

Wir schauten nach oben und bemerkten ein kleines Flugzeug. Ich hielt Patricia fest in meinen Armen und wir riskierten einen Blick zum Himmel. Die hell blitzenden Positionslichter waren leicht auszumachen und sahen fast wie ein Sternenmeer aus. Ich kam ins Schwärmen und der Anblick erinnerte mich an die Erlebnisse, die ich nie vergessen werde. Sie hatten mich zu einem neuen Menschen gemacht.

Genau über uns bewegte sich das kleine Flugzeug in die Abendsonne, die als roter Ball am Horizont aufleuchtete. Wie schön musste es jetzt dort oben sein. Patricia und ich küssten uns. Ich hatte es geschafft. Von nun an würden wir zusammen sein. Noch einmal schaute ich zu dem Flugzeug und erst jetzt erkannte ich die Buchstaben auf dem Flügel: Neun-Drei-Kilo. Ich täuschte mich nicht. Es war ein Teil von mir, der mich um die ganze Welt begleitet und mich sicher nach Hause gebracht hatte. Es war Brandon, der die Maschine flog.

Und dann erinnerte ich mich an Kates Worte: **Du bist unter den Flügeln der Engel**. Und ich hatte das Gefühl, dass sie uns zuzwinkerte.

Mit herzlichem Dank an

Meine Familie für all die liebevolle
und tatkräftige Unterstützung
Marion Vogt
Anna Streckenbach
Anna-Katharina
Felix
Lukas
Jörn
meine Klasse

Hintergrund

Im Jahr 2009 verlor ich bei einem Amoklauf an meiner Schule drei meiner Mitschülerinnen. Innerhalb von wenigen Sekunden. Damals war ich 15 Jahre alt. Dieses unvorstellbar schreckliche Ereignis hat viele Veränderungen in meinem Leben und dem Leben meiner Familie und Freunde hervorgerufen. Von einer Sekunde auf die andere wird man in einen Alptraum katapultiert, den man nicht verursacht hat. Die Ursache liegt in den Gedanken eines Täters, der unschuldige Menschen wahllos mit in den Tod gerissen hat. Das Einzige was bleibt ist die Frage nach dem *Warum*. Und der Beginn einer endlosen Suche nach der Antwort.

In unserer zivilisierten Gesellschaft, in der es für uns keine Gewalt gibt – außer der, die wir im Fernsehen sehen und gleich wieder vergessen – bedeutet eine derartige Katastrophe einen Vertrauensverlust. Kinder gehen in die Schule, um zu lernen – und müssen dies mit dem Leben bezahlen. Das Schlimme ist, dass dieses Ereignis jedem passieren kann. Die Vorstellung ist irrational, zumal es wahrscheinlicher ist, im Lotto ein Haus zu gewinnen, als etwas Derartiges zu durchleben. Dennoch dachte ich selbst am Morgen der Tat noch, dass uns so etwas nie passieren kann.

Weil es sowas bei uns nicht gibt. Am Vorabend der Tat gab es einen Amoklauf in den Vereinigten Staaten von Amerika. Ich dachte – damit bin ich ehrlich – »typisch Amerika«. Doch ich wurde eines Besseren belehrt.

Die Tat selbst vergeht so schnell, dass keine Zeit bleibt überhaupt irgendetwas zu denken. Alles scheint in Zeitlupe abzulaufen. Man denkt nicht daran, dass man gleich tot sein könnte. Man versucht nur, den Geschossen auszuweichen. Obwohl man weiß, dass dies zwecklos ist. Im Gegensatz zu vielen Berichten war niemand vorbereitet darauf, dass eine solche Tat bei uns in unserem Klassenzimmer verübt wurde. Wir wurden kalt erwischt, der Täter hatte freie Bahn.

Ich hatte im Moment der Tat keinen »Lebensfilm« im Kopf, wie dies oft im Fernsehen von vielen Überlebenden berichtet wird. Stattdessen hatte ich – und wieder bin ich ehrlich und übertreibe keineswegs – ein »positives« Gefühl, wenn man das so sagen kann, ein Gefühl hier lebend herauszukommen. Irgendwie.

Es war eine Erleichterung, ein gutes Gefühl, nach dem Verlassen des Schulhauses die ganze Reihe Krankenwagen zu erblicken. Dieses Bild werde ich nie vergessen.

Alles war innerhalb nicht einmal einer halben Stunde vorbei. Doch was folgte war auf eine andere Art so schlimm, weil es wiederum einen Vertrauensverlust bedeutete. Das Vertrauen gegenüber anderen Menschen.

In einem Moment auf den anderen sieht man die eigene Schule im Fernsehen, hört die Orte seines Lebens im Radio und liest die Namen seiner Mitschüler in den Todesanzeigen der Zeitung.

Nur der Krieg muss schlimmer sein.

Viele außenstehende Menschen, mit denen ich immer wieder spreche, sind überrascht, wenn ich Ihnen davon erzähle, was nach dem Amoklauf geschah. Wie sich einige Menschen im näheren Umfeld verhielten, wie Hoffnungen zerstört wurden. Man denkt oft, nach einem solchen Erlebnis werde eine Gemeinschaft viel stärker zusammengeschweißt. Nein, so war es nicht! Nach einigen Wochen trat der Alltag wieder ein, das Geschehene wurde so gut es ging ausgeblendet. Ebenso ist es für direkt Betroffene schwer zu verstehen, dass viele Fremde versuchen aus einer solchen Katastrophe Kapital zu schlagen. Bücher zu schreiben, über Dinge die sie nicht wissen können. Verschwörungstheorien aufstellen, in die sie ihre Fantasien einbringen. Opfer bloßstellen.

Dies alles ist geschehen. Es ist wie ein zusätzliches Gift für ein Opfer, das versucht Abstand zu bekommen. Die Medien haben Fehler gemacht. Aber ein Fernseher hat einen Knopf zum Abschalten. Gedanken haben dies nicht. Selbst nach langer Zeit kann dies zu einer Krise führen, die nicht nötig gewesen wäre. Im Kopf entsteht einmal mehr die Frage nach dem *Warum*.

Die Narben heilen. Aber die Bilder und Geräusche im Kopf verschwinden nicht. Sie begleiten einen das Leben lang. Es gilt, für sich eine Lösung zu finden, damit umzugehen. Findet man diese nicht, wird man nie mehr aus diesem Alptraum erwachen können.

Ich habe meinen Weg gefunden. Einen Weg ohne ständige Therapien. Ich habe offen über das Geschehene gesprochen. Ich durfte meine Träume verwirklichen.

Unter den Flügeln der Engel habe ich geschrieben, weil ich berichten wollte von den Gefühlen und Emotionen, die ein Überlebender eines solchen Horrors durchleben muss.

Aber ich wollte auch erzählen, dass es Wege aus diesem Grauen gibt. Dinge im Leben, die eine solche Tat niemals zerstören kann. Liebe und Leidenschaft.

Herzlichst

Ihr Patrick-Philippe Christian Seifert